分别是为了更好的相遇，
重逢是为了见证彼此的成长。
青春就是如此，有些人离开了，
有些人还在身旁，有些人忘了，
有些人想起来只剩泪光。

李尚龙

硬汉的眼泪

李尚龙 著

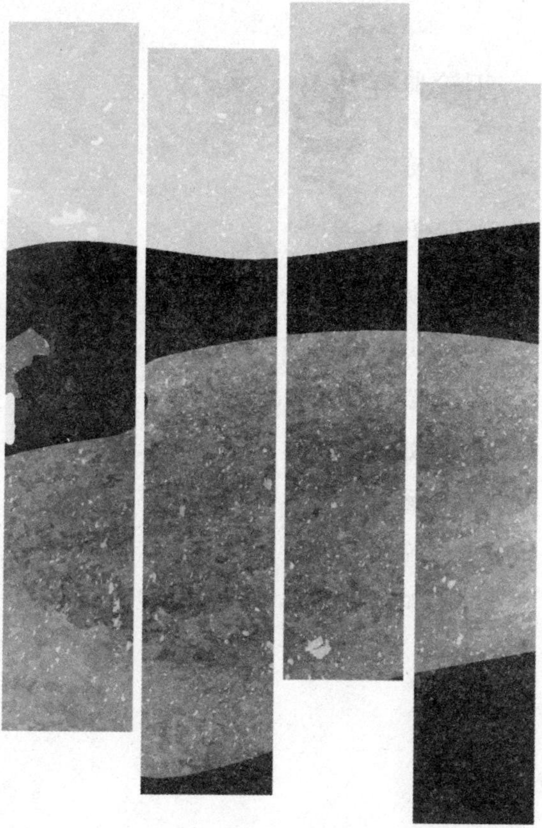

河北出版传媒集团
河北教育出版社

编者荐言

中国当代文学已走过七十多年，每一次文学浪潮的奔腾翻涌，都有彪炳文学史的作家留下优秀作品。

回首20世纪七八十年代，改革开放开启了中国当代文学持续至今的繁盛，由于几百家文学刊物的存在，中短篇小说曾是浩荡文学洪流中的浪尖。然而，以1993年“陕军东征”为分水岭，长篇小说创作成为中国文坛中独立潮头的存在，衡量一个作家的创作成就及一个时期的文学成果，往往要看长篇小说的收获。中短篇小说的创作和读者关注度减弱，似乎文学作品非鸿篇巨制不足以铭记大时代车轮驶过的隆隆巨响。

进入21世纪，特别是党的十八大以来的新时代，我们乘着光纤体验世界的光速变迁，网络文学全面崛起，读图时代、视频时代甚至元宇宙时代的更迭，令人应接不暇，文学创作无论是体裁还是题材都呈现出一种扇面散播效应，中短篇小说创作也再度呈扇面式生长，精彩纷呈。

为此，我们特编辑了这套“年轮典存丛书”，以点带面地梳理生于不同年代的当代优秀作家的中短篇小说精品，呈现不同代际作家年轮般的生长样态。

我们不无感佩地看到，生于1940年前后的文学前辈，青年时已是文坛旗手，在当下依然保持着丰沛的创作力，他们笔耕不辍，使当代文学大树的根扎得更深。

“50后”一代作家已走过一个甲子，笔力越发苍劲。他们不断返回一代人的成长现场，返回村镇故乡、市井街巷；上承“40后”的宏大命运主题，下接烟火漫卷的无边地气；既广受外国文学的影响，又保有中国古典文学的高蹈气质。

在“60后”这一中坚力量的年轮线上，我们能看到在城乡裂变、传统向现代过渡的进程中，一代人的身份确认、自我实现，以及精神成长的喜悦和焦虑。

“70后”作家因人生经验与改革开放四十年紧密相连而被称为“幸运的一代”和“夹缝中壮大的一代”，也是倍受前辈作家的成就影响而焦虑的一代。如今已与前辈并立潮头，表现不俗。

而作为“网生一代”的“80后”和“90后”，他们的写作得到更多赞誉的同时，也承受了更多挑剔和质疑。但经过岁月淘洗，我们欣喜地看到，曾经的文学小将已在文坛扎扎实实立稳脚跟，相继以立身之作进入而立和不惑之年。

六代作家七十年，接力写下人世间。宏阔进程中的21世纪中国当代文学，正在形成新的文学山峰的山脊线。短经典历久弥新，存文脉山高水长。

目　录

CONTENTS

初　生

——献给刘学州

一

我曾以为自己活在月亮上，可在我十八岁那年，却想终结自己的生命。

我想过很多方式了断，最终决定吃安眠药投海。这是一个很好的方式，舒舒服服地睡在大海里，和海水融为一体。每一个十八岁的孩子，可能都说过自杀，因为成年的冲动和对未来的无望，但在我看来，这都是无病呻吟。大多数人都只是为了吸引异性的注意力，想通过这种行为标榜自己勇敢或者活得通透。真要面对死亡的时候，跑得比谁都快。

我是在一个冬日决定去三亚的，那里的阳光好。我买了一件蓝色衣服，因为蓝色代表蓝天、代表大海、代表纯洁、代表希望。生命最后一刻能看到阳光，我能笑着离去。

我飞到了三亚，把仅有的一点儿积蓄以我弟弟的名义捐给了石家庄的孤儿院。临走前，我吃了一顿海鲜，喝了一个大椰子，然后沿着海边走，绕过人群，找了一处没有人的海湾，坐了下来。

我拿出准备好的药瓶，打开，把里面的安眠药都吞了。

我在睡着前发了一条微博，我要跟那些爱我的、恨我的、心疼我的、质疑我的网友说声再见。

我的眼皮越来越重，于是我用尽最后的力气站起身，一步一步，走向大海。我想起那个男人和那个女人、我的养父母、我的朋友，还有那些素不相识却在网上疯狂攻击我的人。我一步步走进大海，裤脚和鞋子已经被打湿，回头望望，海边已经来了好多人：有一个三十多岁穿着黄色衣服戴着鸭舌帽的男人，一个个子不高的男人，一个在海滩上画着什么的人，一个坐轮椅的老人……

我忽然想起，今天是我十八岁的生日。

唉，别开玩笑了，其实我也不知道我生日到底什么时候，我甚至不知道我是不是应该出生，但这都不重要了，我就在这时离开吧。

再见了，世界；再见了，每一个人。

烈日当空，时不时有海鸥飞过，我看着蔚蓝的大海和脚下的浪花，好像看见了一只蓝鲸在天空中飞翔。想想自己破败不堪又一无所有的人生，忽然觉得挺好笑，好笑得仿佛看到了一个小丑在努力过着自己的一生。

好像只有死亡，才能让我轰轰烈烈、不负年华。

我越走越深，眼皮越来越重，正是午后，阳光刺进我的双眼，我仿佛看到了天堂。天堂里，有我的爸妈——我的养父母，他们浑身是血，他们的脸模糊不清，他们冲着我招手。

我也看到了那个女人，不，她不是我妈妈，她是个恶魔，我从来没有叫过她“妈妈”。

即使在媒体面前，我也只会叫她“喂！”。

而她也只有在媒体面前才冲着我笑，媒体一走，她就跟我说：“去找买你的那对夫妻去，要不是他们，说不定你能卖到更好的家庭去。”

什么样的人，才能说出这样的话。

我感到自己的身体越来越轻，冬天的海水越来越温暖。

“妈妈。”我轻声说，心如刀绞，“既然不想要我，为什么当初要生我啊？”

这是我第一次叫她“妈妈”，我想她也听不见了。

我一步步走进一望无际的蓝色，安眠药发挥了作用，我腿一软，一头扎进了海水中。我在海水里呼吸，尝到了海水的苦涩，如同过去十八年我的生活。

再见了。我没什么可以留念的了，也没什么值得我继续微笑。安眠药的作用让我栽进了大海却没任何力量挣扎，我也不想挣扎，睡一觉就到世界另一边了，我可以走得很安详。

我沉入了海底，有鱼儿从眼前游过，海水进入身体，我本能地挣扎两下，闭上了眼。

有人说，人死前这辈子经历的事情会像过电影一样在眼前浮现，其实死前，脑子就是一片空白。就像睡觉，只是再也醒不过来了。

我以为我死了，可是，等我睁开眼时，我却躺在海边。

我为什么还活着，谁救了我？伴随着一阵阵呕吐，我听到一首歌："一闪一闪亮晶晶，满天都是小星星……"

转头一看，身边有一部手机。是它在"唱歌"，再定睛一看，这不是我的电话，是谁的？

我用尽全力爬过去接起电话，电话那头是120："请问你还好吗？你在哪儿？请告诉我你的位置！"

我感到口干舌燥，什么话也说不出来，半天，才憋出两个字："救命……"

我并不是不想死，而是在我失去意识的时候，我清楚地听到耳边，有一个声音对我说："初生，你要努力活到三十岁，那时，你会看到更好的世界。"

说完，他就拼命把我往岸上拉。

我要知道他是谁，他是我的救命恩人。不，不一定是恩人，但他救了我。他为什么关心我，我不应该没人关心吗？不行，我要找到他，这是我的人生使命。他一定一直跟随我直到今天，他一定是这个世界唯一一个理解我、关心我、爱我的人。

我要找到他。

你们看过《楚门的世界》吗？楚门从一出生就有无数的观众，我的人生是不是也有观众，如果有，那他到底是谁？

他为什么那么清楚地知道，三十岁的时候——也就是十二年后——我会是什么样？

这个救了我的人，到底是谁？

我要找到你。

二

再次醒来的时候，我已经躺在三亚市人民医院了。挂着点滴，萎靡不振，连呼吸都很困难，但不知怎么了，一个念头植入脑海：我要活下去。

我的人生有了目标：我要找到那个人，我要活到三十岁，看看那人说的话是真还是假。

我叫初生，这名字，是我父母给我起的。说是父母，其实是我的养父母。

是他们告诉我，我叫什么，我什么时候出生，我是哪里人。

我出生那年，中国经济刚刚起步，贫富差距越来越大，城市里已经有了亿万富豪，而农村还在买卖女人和孩子。那时，山西的一对年轻人未婚先孕，于是，两人商量要不要结婚。

聊到最后，女方说：“你得去见一下我的爸妈。”

男方最终找到了女方的父母，提出结婚请求。女方父母商量了一下，开了个价——3 万元彩礼。男方出不起这笔钱，但是他也没有想过任何解决方案，比如打工、借钱。他们做出了谁也想不到的选择：把孩子卖了。

他们说，那个时候卖孩子很正常。

浑身缠满绷带的养母临死前跟我说，那时候人贩子很猖獗，因为很多男人娶不起媳妇儿，还有很多夫妻生不出孩子。那时，除了买卖女人，还会买卖孩子，所以，不要怪她。

这些人被人贩子从一个城市卖到另一城市，改头换面，重新生活。

我就是其中之一。

所以，我叫初生。我姓李，跟我养父的姓。

我不知道我是怎么从山西到河北的，也不知道他们当时怎么做的交易，那时我小，完全没有印象，我只是后来才知道，我被卖了 27000 元人民币。我还知道，因为人贩子还要收中介费，到最后，那个男人只拿到几千块。

这些钱，成了改善两人生活的彩礼，那个男人和女方父母一番讨价还价，最终两人结了婚。

没过多久，他们就忘记了我，重新开始生活。

可是，他们并没有好好生活，婚后不久就离婚了。

在此后的十几年内，两个人又各自结了三四次婚，那个男人也有了四个孩子，听说其中一个儿子，也被他卖了，换了 5000 元的彩礼。

我的记忆是从养父母家开始的，他们对我很好，但我的印象不太深了。家里是做烟花的，两人一直生不出孩子，于是想到了买孩子这个办法。离我们家不远的地方有一个仓库，里面堆的都是烟花，逢年过节前，爸妈总会无比忙碌。

还记得快过年的那天，我在家等爸妈回来做饭，就听到砰的一声，地动山摇。

我以为是谁在放冲天炮，继续蹲在地上玩儿沙子，那年我四岁。

后来，我去医院看望母亲的时候，她身上缠满了绷带，就像电视里的木乃伊。医生说：“跟妈妈说最后几句话吧。”我忘记了最后我们聊了啥，只记得妈妈最后的一句话是：“你要好好生活。”

说完，母亲就不再说话了。

她旁边屏幕上的波纹变成了一条线，过了很久我才知道那是心电图。而我的爸爸当场被炸死了。此后，我和舅父、姥姥生活在一起。

也是过了很久，同学们欺负我的时候，我才知道，我成孤儿了。

因为是孤儿，因为家里穷，因为没有人关注，我从小儿就被霸凌。

同学们把我堵在厕所里，一拳拳打我，还让我舔厕所的墙壁；他们围着我，对我拳打脚踢，一旁拍摄的人笑得前仰后合，他们还把视频发在班级群里。

就这样，我忍到了初中。

因为没有父母，我学会了早当家，一边照顾自己和姥姥，一边努力学习。

老师知道我没有父母，把我叫到办公室，脱掉了我的裤子。

一开始，我以为是检查身体，随着一次又一次重复，我意识到不对劲。我的身体被折磨得很痛苦，上课时都坐不下去。我回到家跟舅妈讲起这件事，舅妈一开始没在意，明白是怎么回事后，来到学校找那个老师对峙。

还记得那天，舅妈很生气，她当着众多老师的面破口大骂，那是我第一次听到一个词——“猥亵”。

没过多久，那个老师被开除了，而我的生活也恢复了平静。

随着长大，我慢慢懂得了“猥亵”这个词的意思，我的胸口像是被压上了一块大石头，仿佛脑子里千万匹马死在跑道上，我憎恶那个老师对我做的事。

我患上了抑郁症，越来越严重，去看了医生后，医生让我按时吃药。

我一边吃药，一边努力学习，虽然不喜欢那些人，但我学习成绩很好，后来的老师们对我也特别好。我在学校里担任过主持人，担任过学生会主席，还当过班长，得过很多奖状。

在担任学生会主席的时候，我认识了肖小芳。

肖小芳喜欢跟我说话，她是为数不多愿意主动跟我说话的人，她总是鼓励我。我感觉她爱跟我说话，因为她跟我说话的时候会笑，每次看到她的笑脸，就像看到了春天。

那次体育课，我们围成了一个圈儿，大家把排球击打给别人，别人再击打回来，半节课都过了，也没有人传球给我。

只有肖小芳，给我传了两次球，传给我的时候，我都没接到，但我很开心。

下课后我问她："你想吃冰棍吗？"

她点点头。

我请她吃了支冰棍。

她一边吃一边说："今天其实是我的'好事'。"

"什么'好事'？"

她笑了笑，说："你去查查。"

这是我第一次知道什么是"好事"。

我本来以为初中生活可以这样继续下去，但我的平静生活在半年后彻底瓦解，那天我又被几个同学欺负了，他们说我是“野孩子”“没爹妈”。

于是，那天我早早回了家。一进屋，竟然听见打麻将的姥姥说：“初生这孩子命苦，从小儿被卖过来，现在爸妈也不在了，我身体也快不行了，要是我哪天不在了，他该怎么办啊？”

我才知道，我是被买回来的。

我难受了一整夜，关着门，呜呜地哭。可是，天快亮的时候，我又笑了。如果这是真的，说明我的父母还在，我就不是“野孩子”，也不是“没爹妈”了。

我想找到我的父母，我想知道我是怎么走到今天的，我想知道我是怎么被卖的，说不定我的亲生父母也在找我。

我的脑子越来越清楚，一堆问题浮现出来，可是他们身上有我想要的答案吗？

不行，我要找到他们。

我想找他们不是因为我爱他们，我都不认识他们，而是别人都有父母，我没有，心里挺难过的。为什么我没有呢？

于是我上网发消息，找线索，可是石沉大海。后来我想起自己有一本小时候打疫苗的手册，我问姥姥要。她找到手册后，我发现泛黄的资料页上写着我的原名，我根本不叫初生，也不姓李，我竟然姓丁。

活了这么久，我竟然不叫这个名字。真可笑。可是，更可笑的还在后面。

疫苗接种手册上，写着亲生父母的名字。

我欣喜若狂，开始在网上搜索，还发了条短视频，希望可以寻见我的亲生父母。谁能想到，我的短视频火了。最后，我通过一份个体户注册信息找到了我的父亲。

我报了警，寻求山西警方帮助，警察很给力，没过多久，通过DNA鉴定，我确定了自己父母的身份。

他们真的是我的父母，太好了，我重生了。

我不是“野孩子”，不是“没爹妈”，我有父母了，他们说不定也在找我。

可我高兴得太早，他们好像并没有那么高兴，他们已经分别组建了新的家庭，日子也都过得不错。一开始他们并不认我，正当我陷入无助的时候，我那条短视频竟然越来越火了。

随后，好多媒体来采访我，我的抖音后台都被留言淹没了。

我选择了一家媒体的留言并与他们取得了联系。他们的主编跟我说：“我可以帮你让你和家人见面，你愿意配合我们吗？”

“我该怎么做？”我回应他们。

“我们来策划一起新闻事件。”

在这家媒体的策划下，我的父母终于同意见我了，还分别带我见了弟弟妹妹，我给弟弟妹妹都买了礼物。弟弟只有八岁，我和弟弟关系很好，我买了一个冰激凌给弟弟吃。弟弟看着我说："哥哥，你先吃。"于是我咬了一口，然后他才津津有味地吃起来。

在摄像机的见证下，我见到了满屋子的亲属，在豪华的酒店里参加了妹妹的生日会，热热闹闹人气十足。

我们拍了照录了视频，我也拥抱了父母，他们俩很开心，可是风头出完，照片拍完，话说完，接下来的事情，是我完全没想到的。

故事有了大结局，公众满足了听故事的欲望，媒体退去，热闹散了，而我要开始生活。

我哀求他们俩，能不能给我提供一个固定的居所。

我没有说任何和房子有关的事情，更没说买房子，我只想有个住所，别的孩子都有，我为什么不能有？

我不可以有个家、哪怕只是个住所吗？

我想和正常的孩子一样，不被欺负。

即使他们俩都有自己的生活了，我也不介意，我只想有个挂念，有错吗？

可是呢，他们你推我，我推你，谁也不理我。

最后，他们俩一起拒绝了我，因为这一回，没有群众围观，没有媒体见证，他们恢复了十八年前的模样。

他们拒绝承担责任，拒绝承担养育我的责任，最重要的是，爱的责任。

正当我不知如何是好时，我的亲生母亲，竟然疯狂地给采访过自己的媒体发消息，说我逼着他们给钱，要好多好多钱，还要买房，要他们离婚……

太可笑了，我去山西的时候，她连门都没让我进，我在外面的酒店里住了好多天，要不是弟弟央求，我连小区都进不去。最后，我只是在小区里陪弟弟玩儿了几个小时。

后来，我问那个女人："为什么要抹黑我？"她竟然把我拉黑了，这回不抹黑了，全黑了。

可笑，太可笑了。

这些事情，他们都指向一个意图，和十八年前一样的意图——不想承担责任，他们和我无关。

所以他们抛弃了我，他们为了自己抛弃了我。

我不懂，他们没想好，为什么要生我呢？

随着事件的发酵，我的孤儿补助将不会再发放。可我只有十八岁，我还不能自己养活自己，我该怎么办？

于是，我再次诉诸网络，我把这个女人跟我的聊天记录发到网上，我把他们当着媒体背着媒体的那一套放到网上。

可这一回，漫天的谩骂冲我而来，网友们说我骗钱，说我心机深，说我不是省油的灯。我愣了好久才知道，操刀的还是那家媒体，因为流量为王。他们知道，只要抹黑我，说一些看起来很客观的话，就会让网民产生分歧。

网民只要产生分歧，就意味着流量进来了，流量可以卖广告，广告可以增加现金流，现金流可以让这帮没有新闻理想却又想做新闻的人赚得盆满钵满。

那家媒体一字不差地把那个女人讲的话放了出来。

他们对流量的极端渴望，让他们完全忘记了他们笔下的“恶魔”，是一个十八岁的孩子。

接着，这家媒体连续刊发多篇所谓“寻亲少年索取金钱”的新闻，并长期置顶。正是这一系列的报道，引发了网络喷子对我的攻击和谩骂。

我没有办法，只能一次次还击，可我解释不清楚，他们人太多了。

我有什么错？

于是，我发了条微博，我说：“我要起诉。”

就在我说起诉后没多久，事件通过平台再次发酵，我又被通知恢复孤儿补助了。

对我来说，这短短几周里，我像是坐上了过山车，可是，这不可笑吗？我亲生父母还在世上，我却在领孤儿补助。这到底怎么了？

我想起那个被卖掉的弟弟，和其他被卖的哥哥、姐姐、弟弟、妹妹，我不知道该怎么做，我只是不希望其他孩子和我一样，承受这样的痛苦。

这一仗，我一定要打。

可是，越来越多的人在网络上对我谩骂，他们不分青红皂白，不管是非曲直，只是一副天然正义的样子，我看不清他们的面孔，因为他们在道德的聚光灯下格外刺眼。

那光，让我看不到每个人的脸。

在被网络暴力后的第七天，我有点儿忍不住了。

我一个人来到了三亚，我想了结我的一生。我是怎么长到成年的？就在今天，我的成年礼，我想告别这个世界，告别这不堪一击的十八年。

后来的事，你们都知道了，我没死，被人救了。

所以，救我的人，是谁呢？

三

被救后，我看透了很多。

比如，我明白了那些叫嚣着自杀的人，往往不会自杀，真正想死的人，都是默默去死。

比如，那些看了我微博最终发现我还没死的人，都认为我是故弄玄虚。

有人说死后有天堂、死后有地狱，其实死了就是死了，这世间的灯红酒绿与自己无关了。

人只有死了一次，才知道生是多么珍贵。

如果我死了，的确可以减轻那些网络暴力的影响，因为我可以证明我是清白的，我没有找那个女人或那个男人要房子。

我也可以得到更多人的支持。

可惜的是，我再也听不到、看不到那些支持了。

但我要不死，又会看到那么多谩骂和质疑。

这世界多么矛盾。

我在医院里住了将近一个月，洗了胃，回到了石家庄。我决定，不再理这两个人了。

他们既然不要我，我也不认他们了。

算了，我的未来，靠我自己了。我已经十八岁了，是一个顶天立地的男人了。

几天后，我在微博上发了信息：

“感谢网友的关心，我不准备起诉了。”

微博上还都是这样的话：

“不是要死吗？还在消费我们？”

……

算了，我也不上网了。为了弟弟妹妹，我不起诉了。因为我知道，就算赢了，又有何用；如果输了，心里更难过。算了算了。“算了”真的是一个伟大又智慧的词，只要能算了，就能有希望。

我去了趟舅妈家，舅妈说：“媒体又来过几次，你还想接受采访吗？”

我摇摇头。

我看见窗外的树上已经长出了绿芽，天气好得像心情一样。

“你觉得爸妈如果健在，希望我变成什么样啊？”

“希望你好好活。”舅妈摸了摸我的脑袋说。

“什么才叫好好活啊？”

“至少，高考考个本科吧。”舅妈说。

我陷入了沉思，快考试了，这一整年，我都没有好好学习，我还来得及吗？

“本科难吗？”我问。

“对你来说，肯定不难。”舅妈摸摸我的脑袋。

那天夜里，我又失眠了，吃了好几片药也没办法入睡。辗转难眠，打开手机，看着那条关于自杀的微博，他们还在骂，说我假情假意就是想要钱，说我炒作，说我也不是好东西……

那一句句话，像一把把刀子，扎进我的心脏。

我该怎么做，才能解释明白。

算了。我删掉了那条微博，我决定试试考本科。既然坚定了理想，就试试吧。

第二天，我拿出了好久没打开的课本，开始一个字一个字地学，我不能放弃。

高一结束的时候，班上组织了一次班会，主题是“我的梦想”。

每个同学都上台说自己的梦想。说是梦想，其实就是憧憬一下高考考多少分，上哪所学校。

这算是什么梦想？

如果让我说梦想，我希望我的父母当年不生我，我的养父母能起死回生……轮到我的时候，我踉跄地走上台，说：“我的梦想是考上本科。”

我还没说完，台下一片“欢声笑语”。

我感觉一切都在变模糊，在台上呆立了好久，才意识到应该下来，这感觉好真实。

没有人相信我能考上本科，所以，我应该相信自己吗？

我咬着牙，看着其他同学上台诉说着自己的梦想，心里暗暗发誓：

我要好好地高考，考上一所好学校。

不就是考本科吗？我一定能考上。

四

“我相信你，你一定能考得上。”那次班会后，肖小芳坐在我的面前，跟我说。

肖小芳一头乌黑的秀发，闪亮的大眼睛，高高的鼻梁，小巧可爱的嘴，个子不高，一副内向的模样。她喜欢穿白色的球鞋和连衣裙，笑起来眼睛像水，脸蛋像红苹果，嘴唇像樱桃。见到她，就像是见到了春天，一切都发了芽。

“你不会因为我请你吃了冰棍才这么说的吧？”我说。

“你最近也没请我吃啊。”她说。

“你想考哪儿啊？”我问。

“考北京，我爸妈说的。”她说。

“北京离我们远吗？”我问。

“不远，从我们这里到石家庄也就两个小时，从石家庄到北京也两个小时。”她说。

“要四个小时啊。”我说。

“那也不远啊。”她说。

“那我也想考北京，我们一起努力吧。”我说。

后来，我才意识到，北京跟河北的距离，才不是四个小时，而是两个阶层和两种完全不同的人生。

我真的开始发愤图强，白天好好听课，晚上还去打些零工。

高考前一天，我打开手机，发了条微博：“我要高考了，大家为我加油吧。”

“加油。”

评论区里已经没有过去那么热闹了，但依旧好多人在给我点赞。

“还在蹭热度呢？”

在无数鼓励中，一个人的留言像刀子一样，又扎入我的心。

这些人到底是谁？是为什么呢？我已经很久没理那两个人了。

“两年前，我从未想找他们要房子，我就想有个家。他们不给算了，我自己找。更何况，那次媒体报道后，他们一分钱都没给过我，我的生活费都是国家和政府给的，我的零花钱也是我搬砖搬出来的。你们还想怎么样……”

我编辑完这一大段话，想要回击那个人，可是很快，我叹了口气，又删除了。

算了。老师说了，不要影响心情，等我高考完了，再解释。

一个月前的模拟考，我考了全班前十。老师说我考本科肯定没问题。

我也这么想，我没有问题！

窗外的知了在唱着歌，树叶在风中“唰唰”地跳舞。

走进了考场，老师发下卷子，我的思绪开始不老实了。

这两年，我成长了很多。我经常去工地搬砖，搬一晚上砖头能赚到二十元。我觉得搬砖是一件特别能锻炼自己的事情，每次搬完砖，都感到浑身舒坦，直到有一次砸到了脚，用一只脚蹦跶了一个月。

我经常去离家不远的地方当服务员，一个周末能赚五十元，我可以买两盒巧克力，一盒给小芳，一盒留着下一次给小芳。

我还经常去发传单，发一摞传单可以赚十元钱。赚到的钱，可以给小芳买冰激凌。我长心眼儿了，每次买之前都会问她："你今天有'好事'吗？"

小芳要去北京，我也要去北京，可是如果我考不好怎么办？

时间已经过去半个小时，我还没有动笔。

过去两年，小芳总是会在不经意间鼓励我，她说她看了我的抖音，说特别喜欢我拍的短视频，青春又阳光。

她喜欢我吗？反正我是喜欢她的。

可我这样的家庭背景，连跟她表白都不敢想。

可如果她去了北京我没有去，那我不就失去她了吗？

不行，我要好好答这张卷子。

我忍了两年，就是为了这一天。我要让所有骂我的人看看，没有你们，我依旧能考上本科。

可是，两年过去了，这些网友为什么还要骂我？

我开始凌乱。

我忍了两年，就是要让那两个抛弃我的人知道，没有你们，我也能很幸福。

铃声响了，我还没答完。

那两天，每一个考生都在紧张地答题，每一个字，都投射着自己的命运。从选择A、B、C、D到填空、判断，我根本静不下心来，我能在脑子里无数倍放大老师的高跟鞋和地板的摩擦声，我能听到考场里别人的干咳声。

这些声音，都像是网上骂我的话：

“去三亚旅游，跟父母的钱无关？”

“穿着麦昆的鞋子去三亚旅游，然后哭诉自己没地方住，你可真是够有心机的。”

“父母不懂事，孩子也不讲理。”

“踏踏实实做个孤儿多好，领着国家的补助，自己毕业找个班上。这整得像个网络乞丐一样。”

“你寻亲的目的是什么，寻仇吗？”

“学校不能住？没钱租房？姥姥家不能住？刚认亲就要那么多，没感情。”

“手机还是新款。”

……

我感觉窗外的蝉叫变成了谩骂，树叶变成了尖刀。

我没有办法集中注意力，所有的数学题都像是脏话，所有的语文题都像是诅咒，所有的英语单词都是看不懂的字符，就连我擅长的文综题也变成一段段嘲笑。

这两天如同梦魇。

高考结束后，我拖着疲惫的身躯见到了从考场出来的肖小芳："你考得怎么样？"

她哭了，说："考得很差。"

我说："大不了我们一起复读。"

她没有接我的话，她爸妈开着一辆前脸那里有四个圈儿的车把她接走了。

我在家躺了三天三夜后继续去餐馆刷盘子、去工地搬砖，我有种不祥的预感，我应该是考不上本科了。

不过想到可以和小芳在一起复读，也是幸福的。

几天后，分数出来了。

她考上了北京的学校，我落榜留在了当地。

我还是没考上本科，留在当地上了一个大专。

但我相信，我能养活自己。

本是泥土里来，要回泥土中去。

本就贫寒，于是甘于平凡。

五

我对大学充满期待，新的环境，新的人，重要的是过去的一切都清空，从零开始。他们记不住我，我也可以选择忘了他们。

军训的时候，我认识了王伟，这个站军姿时眼珠子一直在转的男人。

军训的日子很苦，每天都要站军姿走正步，晚上，我还要在一家餐厅刷碗。有一天客人聚餐到很晚，我直到凌晨才回到宿舍。第二天早上又起了个大早，在站军姿的时候，我突然晕了过去。

王伟背起我就往医务室跑。

在医务室的床上休息了一会儿，我清醒过来。

“谢谢你啊。”我说。

“不用谢我。”他说，“要谢我就晚点儿醒来。”

“什么意思？”我问。

“你醒那么快，是还想继续回去站军姿吗？”他玩儿着手机，头也没抬。

我俩扑哧一声都笑了。

“你是哪儿人？”他问我。

“我是山西 ×× 县出生的。”我说了个又熟悉又陌生的地方。

“妈呀，我 ×× 县的，离你就二十公里的路。”他放下手机看着我。

我第一次直视他，他单眼皮，小嘴巴，眼睛不停地转。

“是吗？”我并不开心，因为我就去过一次那个县城，只在酒店里住了两三天，然后在院子里陪弟弟玩儿了几个小时，那个男人和女人没有让我进家门，而我在县城里也什么都没玩儿。

“你觉得县城里好玩儿吗？”我问。

“鸟不拉屎的地方。”他开始继续玩儿手机。

他说完，我俩又扑哧笑了。

军训的最后课目是拉练，一天要走二十公里，拉练前几天，王伟偷偷跑出校门，去二十公里外的批发超市买了一大箱子卫生巾。还让我帮着一起背了回来。

我说：“你疯了。”

他说：“你帮我背，我赚到钱，请你吃饭喝酒。”

拉练前，小卖部所有的卫生巾都卖完了，王伟在宿舍门口摆摊，一片卫生巾进价两块，他卖十块。

“谁会买？当大家傻吗？”我说。

可是，没过多久卫生巾便被抢购一空，我被打脸。

“为什么女生们来‘好事’这么集中？”

“怎么只买两片？”

“怎么男生也买啊？”

……

我问了一堆问题，而他赚了好几千元。

拉练结束后，我才知道，不知是谁说的，把卫生巾垫在鞋里，二十公里走完脚不疼。我没有贴，也不觉得疼，只是觉得王伟这家伙太有商业头脑了，简直是个“奸商”。

但我夸完他没多久，他又把赚的钱赔了。

他听说英语四六级考试需用 2B 铅笔，于是把所有赚来的钱拿去批发市场买了 2B 铅笔。结果考试前学校通知校方提供 2B 铅笔。几千元，就这么砸到手里。

王伟第一次请我喝酒，是在大一快结束的时候。他倒卖四六级考试的卷子，赚了好几千元，他让我在厕所跟他接应，我没有答应。

他说：“晚上我请你吃饭喝酒吧。”

“那也行。”我说。

他这才圆了一年前的话。

那是我第一次喝酒，喝完我就哭了。我想到了很多事，有苦的有甜的，但大多数都是苦的。

酒真是个好东西，一开始你感到苦，后来你感到晕乎乎的，晕乎乎之后你又感到心里苦，睡着后就都忘了。

我不停地问自己，我这样能活到三十岁吗？

生活如果这么苦，为什么十八岁那年，有人在我耳边说那么一句话：

“初生，你要努力活到三十岁，那时，你会看到更好的世界。”

救我的人到底是谁？

想着想着，我就睡着了。

上大学后，我的心情很糟，尤其是害怕放假。他们放假都可以回家，而我只能找一些零工去打，以打发这个别人团圆的日子。每次放假后，我的精神状态就会糟糕很多。于是，我又开始吃抗抑郁的药。就这样，我实在没办法继续上学，休学了一年。

休学这一年，发生了不少事，舅妈离婚改嫁了，我和她联系得也少了。姥姥也在这一年病逝了。我负责料理她的后事，送她去殡仪馆，收拾好她的骨灰，把她埋在地下，直到最后，我都没有流眼泪。

谁说去那边不好呢？我想去那边。

一年后，我的状态终于好了些，于是我重新入学。

这让本是三年的专科变成了四年，四舍五入，我也算读了本科吧?

大学生活很无聊，无聊到超乎我的想象，每天最开心的事情，就是期盼周末，那样我就可以去趟北京。若不是因为小芳，我可能又轻生了。

在我生病的时候，小芳经常给我发信息，后来，我也经常和小芳见面，她是我的希望。因为高铁提速，每次去北京从四个小时变成三个小时，进了她学校来到她的宿舍楼下，见她一面吃个饭，再回自己学校。回来时往往已经是夜里。

小芳会跟我说“晚安”，也会问我最近怎么样，我觉得，她是喜欢我的。

我反正觉得是。

每次进城，我都带着浓浓的希望，每次离别都感到无比的甜蜜。

我每周都会去看她，有时候一周一次，有时候一周两次，我坚持了一年，打工赚的钱几乎都用作了路费。可惜的是，她从不来看我。

忽然有一天，她不让我去了。

我听她的朋友说，她恋爱了。

知道这件事后，我的情绪竟然很平静。的确，她值得更好的人爱，是什么人可以配得上她呢？无论如何，我没办法给她带去幸福。

我没有哭，我还是微笑着在校园里听课、打球、看书。

只是我的生活里少了北京，少了那来回六七个小时的路，周末不知道去哪儿，人生也不知去哪儿了。

唉，失去就失去了，我要努力活下去。

或者，我从来没有获得过。

那又如何？她开心就好。

我要找到那个救我的人。

可是谁能想到，毕业前几天，小芳突然给我发信息，问我最近为什么没去看她。

我不知道发生了什么，问她："周末你有空吗？"

"我现在就有空。"她说。

她又问我："你现在能来陪陪我吗？"

我不知道自己哪里来的勇气，立刻翘课跑去北京。三个多小时后，我大汗淋漓地站在她的楼下，等她。

我看见她穿着白色的裙子慢慢走下楼。

这真的像是梦一样。就在那天，我感觉她像一只受了伤的小鸟，我却没有问她任何话。她一会儿用肩膀贴着我，一会儿用手打我屁股。我想跟她聊聊过去、现在和未来，她却一直让我看周边风景。

临走前，她突然亲了我的脸，什么意思？

不管了，总之，那一刻，我觉得世界都融化了。

我坐在公交车里，靠着窗户睡着了。

毕业前的最后几周里，我每周都去北京，这座城市里透着浓浓的温暖和家的味道。我终于知道，那人为什么让我活到三十岁了，是为了让我体会到这种美好的感情。

最后一次去她学校时，她说："我也去你学校看看你吧。"

"什么时候？"我问。

"下周。"

我拼命点头，感觉脖子快要断掉了。

天啊，她要来看我了。

她来之前，我一夜未睡。她来的时候，我脸红得一句话也说不出来，我就这样陪着她逛我们的学校，没有太多话，但许多愿望呼之欲出。

我看着她吃饭，用手机记录她的每一瞬间，她蹦蹦跳跳在这夏日里，像是一只野兔。

云彩一会儿一个样，没多久，变成了红色，太阳快要落山了。

“我走了。”她说。

“哦。你到了告诉我。”我说。

“嗯。”

看见她上车，目送她离开，我的拳头攥满了汗水，我跳了起来，一次次跺着脚，在原地跳起了舞。

“等我赚到钱，我们就结婚吧。”这句话我压在了心里，没说出口。“结婚”这个词，太沉重，我要赚钱，我要买房子，我要和她一起有个家。

这是我的梦想，我有新的梦想了——有个家。

我要和她一起生个孩子，我会全心全意对孩子好，无论他未来想要做什么，永远不抛弃他！

随着学士帽被抛在空中，小芳毕业了，我也走入了社会。

王伟在毕业前被开除了，因为倒卖四六级考试答案，被学校抓了，学校没收了他的作案工具，全校通报，开除了他。

他回老家前跟我说：“等哥们儿发达了找你。”

毕业后，小芳陪我过了个生日。从北京回河北的路上，又冷又累，我拿出手机，竟然收到了那个女人的生日祝福，她把我加回好友了。

她问我：“方便吗？”

我说：“方便。”

接通电话后，我才知道，她癌症晚期，没多少日子了。

我们寒暄了几句，就挂了电话。

我感觉一切都来得好突然，就像一切都没存在过一样，如人的生命，来去之间，和世界没有关系。

我看着高楼大厦越来越少；看着人群越来越稀疏；我看着窗外从灯红酒绿到暗淡无光；我看见窗户里倒映的自己，突然哭了。

电话里，她说，她对不起我，几年前，不应该跟媒体那么说我。

她说，她就是想过自己的生活。

挂电话前，我问她：“你后悔生下我吗？”

她说，她最对不起的，就是我。

她还说了些其他的话，我都没听进去，只是听她在电话那边哭，哭个不停。

我是挂断电话后哭的，不是因为心疼她或者心疼自己，而是这一刻，我终于把自己洗白了。

可这个时候，已经没人关心我了。

那些骂我的人呢，你们在哪里？

六

那个女人没过多久就去世了，据说走的时候，身边没有人。她的三个孩子，没有一个去看她，我也没去。

她曾是我的希望，却让我心如死灰。现在我没有希望，也没有欲望，只有小芳。

果然，活下去，能看到更多希望。

日子还要继续，我还要好好生活，我要努力赚钱。

毕业后，我进了一家工厂做流水线工人，一个月 3000 元。我省吃俭用，一个月可以省下 2000 元。再做一些零工兼职，一个月差不多能有 3000 元的存款，一年能存下 3 万多元，那三年我就可以有 10 万元的存款，就够在村里买套房了。

如果运气好，被晋升了，涨工资了，还可以提前跟小芳报告喜事。

有希望的日子，心像鸟一样，飞翔在天空。

我在工厂干了几年，那男的也病了。

我没去看他，就像我没去看那女的一样，怕他们又说我想要房子。

我自己买得起。

这些年世界变化好快，起起伏伏，人生海海，我看到过好多不一样的世界。我会时常回想起十八岁的那个冬天，那个在三亚海边的少年。如果那时我就死了，恐怕看不见这么多的人情冷暖。

原来胜利并不是战胜了谁，而是比那些你不喜欢的人活得更久。

我和小芳还有联系，虽然不怎么频繁，但总归是个念想。毕业后，她进了写字楼当白领，我也不知道她在北京怎么样了，我听不懂她是做什么的，也不好意思问。

我们的联系从一天一次，到一周一次，再到一个月一次，如今，我们已经三个月没有联系了。岁月好像把我们冲淡了，但那一吻的印象，反而更深刻了。

我们工厂效益不好，听说是现金流断了，已经几个月没有发工资了。

就在这时，一位前辈告诉我，她投资了一个“P2P”（对等网络）产品，一年 20% 的年化收益率。

我问：“什么是 20% 的年化收益率？”

她说：“也就是放进去一万元，一年后能多 2000 元。”

我说：“那我如果放进去 10 万元，一年不是可以多 2 万元？”

她说：“那是必须的。”

于是，我把我的积蓄都放了进去，那是我买房子的首付。

又过了一段日子，工厂倒闭了，我因为所有钱都在那个叫什么“P”的产品里，又拿不出来。所以，连续三个月没钱交房租，被房东赶了出来。

为了活下去，我到处找工作。听说当骑手能赚钱，而且送外卖又可以锻炼身体，做得好的一个月可以赚到 2 万多元。这太适合我了。

于是，我成了一名骑手。

当骑手最痛苦的事情不是风餐露宿，不是下雨天和艳阳天，也不是遇到挑剔的顾客，而是每次我的手机响时，都是催餐的顾客，而不是我朝思暮想的小芳。

一个月后，我终于受不了手机里全都是工作，于是用第一个月的工资买了部新手机，这个手机里只存小芳的联系方式，只要这部手机响了，就是我生活的最高优先级。

我有两部手机，一部接单，一部是她的专属。

虽然我们也不怎么联系，但这手机每次响起，都是温暖的，我把铃声设成《小星星》，只要音乐响起，就是她对我的爱：

> 一闪一闪亮晶晶，
>
> 满天都是小星星。

每次听到这首歌，我都觉得自己在海边重生了。

我租了个小单间，又可以开始生活了。

二十九岁的这个生日过得特别有趣，没有人跟我说生日快乐，电话响的时候，我以为是新的订单。

没想到是那位前辈，她告诉我，我买的那个什么“P”爆雷了，问我要不要跟他们一起去给对方公司施压。

我问：“什么叫‘爆雷’了？”

她说：“就是你的钱拿不回来了。”

我问：“那怎么样才能拿回来？”

她没说话，只是给我发来一个地址，然后说：“后天，我们所有人在这里静坐。你一起来。”

我没有去。可是，我好端端的10万元钱，怎么会没了呢？

后来，我听人说，他们给了一个解释，说“金融危机”来了。

这个我相信，因为没过多久，王伟也被裁掉了。

王伟肄业后回到老家，先是折腾了几摊子事儿，都没成功，于是找了家工厂上班，谁想到厂子把他“优化”了。

他来找我的时候带着一个任务——忽悠我去他的县城创业。

他问我：“你有没有想过回县城创业？”

“你不是说那是鸟不拉屎的地方吗？”我说。

“但那里有机会啊。”他一边吃着我请他的面，一边说。

“有什么机会？”我问。

“你想，我们那里什么多？老年人、留守儿童多，劳动力全部在外面打工。快递送到各个村的村口就不进去了，老人孩子要走很远才能拿到快递。”他吃完面，一个字一个字地说。

“然后呢？”我问。

“我们可以组织当地的劳动力把快递送到每家每户。”他说。

“给老人和孩子当骑手。”我说。

“对啊！咱们可以去乡里当骑手，给留守儿童当骑手。这绝对是一门生意。”他说。

“不感兴趣。”我说。

“为啥不感兴趣？能赚钱啊。”他说，“现在就是创业的人能赚钱。”

“我不喜欢山西，我想留在河北。”我说。

“为什么？”他说。

“河北离北京近。”我说。

他看着我，时间像是静止了一样。他抿了抿嘴，把筷子放在碗上。我看见他后面的空气仿佛凝固了。

“你知道她结婚了吗？”王伟说。

“谁？”我问，然后又说，“不可能，你怎么知道？”

“上个月。你看看。”他拿出手机，给我看。上面是小芳发的朋友圈，小芳穿着婚纱，笑得很开心。

我连忙拿出我的手机，她的专属手机。

我看不到她的朋友圈。

我是最后一个知道的吗？可是，她为什么屏蔽我？

“不可能，我为什么看不到？”我情绪有些崩溃。

“初生你别这样。”他抓着我的手。

我一把挣开，像天塌了一样。虽然早就有感觉，但当事实摆在眼前时，还是如天打五雷轰，把我身体和灵魂击得粉碎。

那个男的是谁，对她好吗？她为什么不告诉我？我为什么看不见她的朋友圈？什么时候发生的？如果是这样，那她为什么当初要亲我？我做错了什么？是因为我没钱了吗？……

天啊，这让我怎么活。

我笑了，笑得好苍白，好无力。

“初生……”

“我没事，我想点碗面。”说着，我站了起来，朝门口走去，跌跌撞撞出了门。

“收银台在这边……”我听到王伟在店内喊。

出了店门，我开始奔跑，感觉心要跳出我的嘴巴，一腔热血在腹部跳跃。跑着跑着，下起了雨，雨水打湿了我的衣裳，脸上分不清是汗水还是雨水，总之，没有一滴泪。我大笑着、讥笑着、苦笑着、微笑着、爆笑着、干笑着、狞笑着。

跑累了，我站在雨中，继续努力让自己笑起来，真佩服我还能笑出来。

笑怎么了？我才没有心碎，没有寂寞，没有难过。

怎么，老天，你剥夺了我的所有，我连笑的资格都没了吗？

我是有罪吗，还是我犯了什么天大的错？为什么要这么惩罚我，还是，我就不应该留在这个世上？

还是，十八岁的时候，我就不应该活下来？

在雨中，我慢慢走着，我看着天上的乌云，它们一会儿排列成动物，一会儿组成笑脸。我一直在雨中，等待着雨停。

我摸出手机，拨通了小芳的电话。

“怎么了？”她很冷静地说。

“嗯……”

“你没事吧？”电话那头说。

“我的钱没了……”我说。

“什么钱？”她问我。

“我买房子的钱。”我说。

“你等等，我找个没人的地方。”小芳说。

我站在原地，等她继续说话。

她问：“怎么了？报警了吗？”

我没说话，突然哭了，眼泪不停地流下来。这是我十八岁后，第一次哭成了这个样子。

“你是在哭吗？你怎么了？”她在电话那边一直问着。

“我的钱没了……”我一边重复，一边哭着。

“初生，你在哪儿？初生……”

“我的钱没了……”我一边哭一边挂断了电话，然后关了机。

“我的钱没了。”我跪在地上，眼泪鼻涕流到嘴里，那味道像大海一样。

好久没哭了，让我哭到断肠吧。

对不起，谢谢，这世界，请你嘲笑我有多狼狈吧。

七

这世界其实挺讽刺的，那些去静坐的人，都拿回了自己的钱。我们这些没有去的，对方给的说法是：“先排着，肯定会给你们。”

至于什么时候给我们，没人知道。算了，我也不想知道，这钱对我没什么用了。

没有小芳，买房子有什么用？

我是慢慢知道的，毕业前，她和前男友分了手，前男友要回老家成都，而她想要留在北京。路不相同，就分别了。毕业季本身就是分手的季节，我运气好，毕业季遇到了她分手，遇到了那个吻。

她应该是翻了整本电话簿，才找到一个随时可以去看她的人。

这个人，花了三个多小时就来到她的身边，却用了十多年都走不进她的心。

我就是个垫背的，是个备胎，她从来没爱过我，她只是用我度过无聊的时光，或者，她只是可怜我，觉得我是一个没有人要的可怜虫。我理解，换作是我，我也会大发慈悲可怜那个从小儿父亲不疼母亲不要的人。是我自作多情，才会觉得她曾经爱过我，话说回来，谁会爱我呢？我就是一条蛆，应该永远生活在下水道。一条蛆，怎么配有爱呢？我就应该死在十八岁的那个中午，那海水里，那阳光下，这一切才都完美了。

可是这一晃，我都快三十岁了。

那个救我的人，一定是在骗我，谁说三十岁一切都会好？

我应该期待爱吗？我想不应该。

因为有了爱终究还是会离开，有了期待终究还是会无奈，与其这样，当初就不应该期待。

我就这样，颓废了好多天。生日前，我还是斗胆给小芳发了条信息："我下周生日，我们可以一起过吗？"

没想到，她回复我了："来我家过生日吧，顺便见见我的老公，我介绍你们认识。"

"好。"

我不知道这是期待还是恐惧，或许两种情绪都有，期待是我终于可以和她见面，恐惧是不知道她老公是个什么样的人。

但我很快就战胜了恐惧，我就是小芳的好朋友，我跟她一点儿关系都没有，我过生日她请我吃饭，多年的同学，这有问题吗？他们都结婚了，我又能怎么样呢？

想到这儿，我不害怕了。

我辞掉了骑手的工作，静静等待着三十岁的到来。

没过几天，我接到小芳的电话，她说："初生，你生日那天不行了，我们要去见他妈妈，他妈妈八十大寿。咱们提前两天吧？"

我已经在床上躺了好几天，本来也没什么事，于是我说："好的。"

我一个人提前到了北京，找了半天，来到了他们的小区，在楼下买了点儿水果，又找了很久，才来到了他们家。开门的是一个男士，一米七的个子，头顶没有了头发，鼻毛也不听话地从鼻孔里伸出来迎风摇曳，他穿着很随意的背心，一口地道的北京腔：“哟！来了！”

“叔叔好。”我说。

“叫谁叔叔呢？胡闹。”他说。

我一边换着鞋子，一边打量着这个人，哦，他就是小芳的老公。他看起来有四十岁，可能还不止，像是一个土老板……想到就是这个人每天和小芳牵手、接吻、睡在一起……那，他一定对她很好，一定很爱她，一定离不开她吧。

“你就是初生？我听说过你的故事，你能走到今天不容易。”他一屁股坐在沙发上，像是要坐垮整张沙发。

“谢谢。”我说。

他坐在电视机前的沙发上，看着直播的足球比赛，示意我坐在另一边的沙发上。

“小芳呢？”我问。

“来啦！”她穿着围裙，从厨房里走出来，那是我梦里的模样。

“你们先聊，半小时开饭。”她说完，就钻进了厨房。

他们家好大，至少有三居室，能在北京买得起这么大的房子，家里应该很有钱吧。这个男人应该很努力吧。

我坐在沙发上，两手放在膝盖上，看着电视里的球从一边踢到另一边，用余光看见他目不转睛地盯着电视，或欢呼雀跃，或拍着大腿骂着脏话。不知道该说什么，于是我跟着一起看电视，直到小芳叫：“开饭了。”

我们三个人坐在桌边，桌上有六个菜，还有一瓶酒，三副碗筷，整整齐齐，像是在走队列，向主席台致敬。

我们全程没什么话，倒是那男人张罗着说喝两杯，我陪着喝，小芳说她就不喝了。

我说：“好日子，为什么不喝点儿？”

她捂着嘴笑，说：“过十个月你就知道了。”

没喝两杯，我就已经微醺了，我强忍着让自己不说话，听那个男人越喝越开心，讲“今天足球肯定是假球”“蓝队收黑钱了”……

听他“口吐莲花”，我如同遨游在云霄里，全程没有一句“生日快乐”，酒精的作用，让我感到身体越来越轻，也越来越不害怕了。

我大胆地看了眼小芳，她的脸上泛起了红晕，就像十八岁那年的班会上鼓励我的样子。那个男人很显然喝高了，他突然把筷子摔在地上，然后一抹脸，一口把杯里的酒喝完：“就不应该买这支球队。”

然后他看了眼小芳：“愣着干吗，给我拿双筷子啊。”

小芳赶紧起身，我一把按住她的手，说：“我去拿。”

我走进厨房，寻摸了半天，才找到放筷子的地方，把筷子拿了过去，放在那个男人的碗上。

那男人刚准备吃，突然接了个电话，骂骂咧咧地说了几句后，跟小芳说："我晚上还有事，你陪朋友聊聊。"

说完，他就穿上衣服出去了。

房间里只剩下我和小芳，借着酒劲儿，我努力抬起头，看着她的脸。她的脸上没有一丝笑容，反而充满了哀怨和说不出的难过。可是没过多久，她还是举起了手中的水，说："初生，生日快乐。"

这回我笑了。

"他对你好吗？"我问。

"好着呢。"她说。

"那就好。"我说。

"哦，对了，我给你买了蛋糕。"说完，她站起来从冰箱里拿出一个小蛋糕，插上蜡烛，点亮了整个冬天。她说，"许个愿吧。"

我闭上眼睛，想许愿，可脑子里一片空白。睁开眼，我吹灭蜡烛，这冬天忽然暗淡了。

"你幸福吗？"我不知道自己哪里来的胆子。

"我幸福啊。"她说。

我明明看见了她眼角的泪光。

"为什么是他？"我问。

接着，她说出了我这辈子都不可能忘掉的话："你觉得，像我们这样的人还有什么选择吗？"

是啊，我们这种人，还有什么选择吗？

“可你是我全部的希望。”我说。

“初生，你三十岁了，要找到其他的希望。”她摸了摸自己肚子，像是感受到了未来。

“我准备给这孩子起名叫‘希望’。”

“我们都是普通家庭出来的孩子，从小儿我父母就希望我留在北京，我也靠着自己的努力留在了北京，这孩子一出生就是北京户口，不用留在小县城。你看，他就是我这代人的希望。下一代总要给上一代希望，就像我嫁到北京来也给了爸妈希望。”

不知为什么，我感觉这“希望”沉甸甸的，压得我喘不过气。

三十岁了，一无所有，谁能给我希望？

我在小芳家待了一会儿，还是找理由走了，刚下楼，我的心一阵刺痛。我不觉得小芳幸福，她只是无奈，她觉得自己没有选择，其实她有。她可以选择我，如果我努努力，是不是还能争取到她，哪怕她怀孕了，我可以和她一起养。

我一边想，一边跑。

每次都是这样，只有奔跑，才能让我想得更明白。

不，我还是不要破坏她的生活了，她一定是经过深思熟虑的。

我一直跑。

可是，万一我回去找她，她答应了呢？万一有机会呢？

我不开口怎么知道没有机会呢？

我继续跑。

算了，像我这样的人，哪还有什么机会？

跑着跑着，天已经完全黑了，我看着天上的星星，一闪一闪，亮晶晶。

我明白，我又被抛弃了。出生的时候被父母抛弃，四岁的时候被养父母“抛弃”，十八岁的时候被世界抛弃，还有两天就三十岁了，我被爱情抛弃。

我回到家，躺在床上，静静地睡去。

我梦到了大海，梦到了它的苦涩和咸。

早上起来，我依旧不知道要不要跟小芳大胆地表达自己的爱意，我下不了决心，不知道这么做是不是对的，突发奇想：我想去看大海。明天，我就三十了，我想一个人在海边，过完三十岁的生日。

其实，我是想在海边，做一个了断。

那个救我的人，你骗了我十多年，你凭什么告诉我三十岁时我会更好？

我又买了去三亚的机票，一个人来到机场，过了安检。我的脚步无比沉重，忽然，广播通知，飞机晚点。我耐心等待着，希望事情有所好转，飞机尽快起飞，我想快些看到大海。

谁想到，广播再次通知时，航班取消，明天才能飞到三亚。

当天夜里的12点，我点燃一支烟，在航空公司安排的宾馆里，自己给自己唱了一首生日快乐歌。

三十岁了，什么也没有，祝我生日快乐。

不过，谁知道今天是不是我的生日呢？我在哪儿出生、究竟哪天是生日都不知道。这生日是养父母定下来的日子，也是给自己的安慰。

想到这儿，我睡着了。

我没有吃安眠药，我睡着了。

死前，我睡了个好觉。

第二天，是一个阴雨天，谁想到这种天气，飞机竟然起飞了。我选择了一个靠窗的位置，我想在最后的时刻，看看天空。飞机起飞的时候，我看到外面阴森森的，飞机穿过云霄，满世界的云彩朝着我飞来，一阵颠簸后，眼前万里无云，脚下是一片洁白。

我飞到了云彩上，世间万物，尽在我脚下。

下了飞机，我在街边吃了一个椰子，心想：是时候看一看大海了。

这是我第二次想到了死，一个男人，活成我这样，还有什么盼头。

于是我打辆车，不知不觉，竟然来到了熟悉的海边。当年，我就是在这片海里被救起来的。这片海，还是原来的模样。同样的街道，同样的蓝天，同样的大海，同样的花草树木，还有同样的人。

我走到山坡上，看见一个男孩站在海边，衣服的颜色和大海、天空的颜色一样，他步履蹒跚，像是喝多了，正一步一步走向大海。

那一瞬间，我像是被雷击中一样，我突然明白了，那个男孩，是十二年前的自己。

那个救自己的人，原来是十二年后的自己。

八

你相信这个世界会有轮回吗？

而这件事，就发生在我的身上。我不记得是尼采还是哪位哲学家说过“轮回”，那是我小时候看的书，名字叫《悲剧的诞生》，如果是真的，那对我来说，接下来的选择可算是悲剧了。

我看着他，不，自己，一步步走入大海，我应该怎么做？

这时，摆在我面前的有两条路：

如果救他，他接下来的生活和我一样，三十年来，一无所有。

如果不救，他可以现在就了结生命，留在最好的花季里，不用看到他的明天、我今天的绝望。

我不停地纠结，心想要不要让眼前这个少年再受十二年的苦，还是现在就让他解脱？

我决定了，让他离开吧，要不然到我这个年纪，还要继续纠结。

生命不值得，人生不值得，地球不值得。

闭上眼睛，不要睁开，一切才是对的。

我看着他一步步走进大海，海水打湿了他的鞋和裤脚。

我知道他有多么的悲痛，那些无人理解的孤独，那些亲人的背叛，那一次次的希望与一次次的被抛弃。

初生，你要知道，这样的痛，不仅仅是在青春里，在三十岁前，你还要经历多少这样的苦痛。

算了吧，去吧。

如果能在十八岁时闭上眼睛，也是一种幸福。

不要以为十八岁的时候，人没有选择，三十岁的时候，人更没有选择。不要觉得十八岁时，人生没有意义，三十岁的时候，人生更没意义。

我看着他继续往海里面走着，海水已经到了他的腰，他晃晃悠悠地继续朝着地平线前行，直到海水淹没了他的胸。

可是，人真的没有选择吗？

如果没有选择，我为什么能活到今天？

可是，人生真的没有意义吗？

如果没有意义，那些我做出的努力算什么？那些让我温暖的事情是什么？小芳的那个吻算什么？王伟请我喝的酒算什么？我走过的路见过的风景算什么？我看见的大海蓝天又算什么……

他继续走着，这回，海水淹到了他的脖子，他一个踉跄，摔在大海里，挣扎了几下，沉了下去。

不……

他不能死，我也不能。

可是，生活到底有没有意义？

不，无论有没有意义，先活下来。

我一个箭步冲过去，丢掉口袋里的钱包和手机，跳进大海，在冰冷的海水中打捞那个少年。刺骨的海水让我清醒。我胡乱地在海水中摸索，直到一把抓住了他，我用力把他从水里拉出来，他已经浑身湿透，动弹不得。

我想拖着他一步步走到岸边，奈何他被水打湿，沉重不堪。我用双臂夹住他的腋下，一步步挪到海边，我一边用力朝岸边拖他，一边贴在他的耳旁说："初生，你要努力活到三十岁，那时，你会看到更好的世界。"

我感受到他的温度和心跳，太好了，他没死。

终于，我把他拖上了岸，看着他消瘦的模样，仿佛这些年从来没有变过。

孩子，长大后你会发现，这些都是小事儿，都会过去的。那些网民，谁能真正伤害你呢？他们最后都会忘记你的。生活是自己的，和别人无关，能伤害你的，只有你自己。

能救你的，也只有你自己。

说完，我拿出那部小芳专属的手机——拨打了120。

打完120，我把手机留在了少年身旁，我拍了拍少年，站起身。没走几步，我又回头看了眼留在地上的手机，笑了笑，走了。

加油啊，少年，还是那句话：能救你的，只有你自己。

我走上沙丘，被一个头戴鸭舌帽的人撞了一下，撞得不轻，我猛地往后退了好几步，我连连道歉。

很快，我就忘了这件事，我继续走着，想着那个少年。

走了没多远，我才意识到那个人——那人络腮胡子，鸭舌帽压到看不见眼睛和鼻子，只露出一张嘴，这张嘴越看越眼熟，这条路和这片海滩几乎没有人，走哪儿不行，为什么要突然撞我——坏了，小偷。

我一转身，那人已经消失不见，我赶紧摸了摸口袋，幸运的是，钱包和另一部手机都在。我拿出手机和钱包仔细检查，忽然发现，口袋里多了一张字条。

我打开纸条，上面写了一句话，我若有所思点了点头，扑哧一声，笑了。

我准备忘掉小芳了。

路还长，我一个人慢慢走。

又走了几步，我拿起电话，打给王伟。

“你那边还需要人吗？”我问。

“把哥们儿当什么人了，什么叫需要人？这就是你家，你来吧，咱们兄弟干票大的。”他在电话那边说。

“好，你等我，我明天从三亚回去，咱们一起干票大的。”我说。

阳光照在我的脸上，我坚定着看着远方，像是看着未来。

九

字条正面写着一句话：

千万不要去找抛弃过你的人。

反面也有一句话：

四十岁的时候，你会特别幸福。

十

太阳把大海晒成了天空的颜色，我们的记忆留在岁月的长河中，永远循环着。

我今年四十岁了，已经是个不折不扣的大叔，但还是一个人，没有结婚，更没有孩子。我一个人来到海边，因为我隐约记得，今天要和一个老朋友相会。

我们好久没见，上次相见时我撞了他一下，这一撞改变了他的命运。

这些年，两次创业失败，日子还是艰难。

如果说这些年最受益的一句话是什么，我想，就是这一句：

能鼓励自己的，只有自己。

上周，我第二次创业失败，欠了很多钱。生活也陷入了绝望，但我没打算赖账，也没打算自杀，只是觉得生活特别没劲，我已经没有了三十岁时创业的动力。

但现在不是鼓励自己的时候，我已经过了要喝鸡汤才能打鸡血的年纪。现在，都是我去鼓励别人，就像我的这位老朋友，他更需要我去鼓励。

我看了看表，又抬头看了眼太阳。冬日艳阳高照，正是出门的好时候，我戴着鸭舌帽，走向海边。走了几步，突然想起，一样重要的东西没拿，我赶紧跑回酒店，从酒店的记事簿上撕下一张纸，写上那句我酝酿很久的话带在身上。

我走到海边，看见我的老朋友正把一个少年从海里拖出来，看见他扔掉了自己的手机，我知道我的机会来了。

看见他远去，我压低了鸭舌帽，迎了过去。

再次撞到他的时候，我心里一阵温暖，阳光照在脸上，显得格外明亮。完成了这次约定，我一个人走向海边，看着大海。想着刚刚申请破产的公司，还有一群跟着我奋斗的小伙伴，眼睛里充满了绝望。

想到这儿，我感觉头上的太阳暗淡了许多。

我看见几个老人在遛弯儿，还有个人坐着轮椅从远处走来，他们都老了，我还年轻，但四十岁也不年轻了，我还能重新开始吗？看着人越来越多，我想，我也要走了，我要回去遣散员工，收拾残局，这次欠的钱足以杀死我。

但该面对的，总要面对，这么多年，风风雨雨都过来了。这又算什么？

我双手插兜，丢掉鸭舌帽，沿着海边走，走着走着，看见沙滩上写着一句话。这句话朝向我，从浅沙写到深沙，海浪一次次袭来，却刚好每次都没有打到那行字：

明天又是新的一天，四十岁才刚刚开始。

我抬头，看到一个背影，一个满头白发大约五十岁的男人，也手插着兜，脖子上长了老年斑，但走得很精神。他的身材跟我差不多，体形也很像，但比我硬朗不少。

我不知道那行字是不是他写给我的，就当是吧。

十一

一个画家吃完了午餐，擦了擦嘴，悠闲地躺在沙发上看着电视。扫了一遍台后，他望了望窗外，窗外阳光刺眼，他拉上窗帘走进画室，悠闲地点燃一根烟。

他揭开画布，一幅画儿映入眼帘：

艳阳当空，海平面和天边连接在一起，无边无际。

一个三十岁的人，打着电话，上了一辆的士。

一个四十岁的人，戴着鸭舌帽，在看着地上的字，沉思着。

一个五十岁的人，微笑着背着手走远。

一个六十岁的人在不远处。

一个七十岁的人在稍远处。

一个八十岁坐着轮椅的人在更远处……

没过一会儿，太阳快要落山了，阳光变得格外温暖明亮。

那些人都各自散去，只剩下海滩上的少年，青春洋溢，如初生一般。

你还在跳舞吗

一

这是一位1963年出生的阿姨。

那年，她从柳州考学，和我妈妈一起考到新疆生产建设兵团高护班。那个年代，考进体制内，就代表着生存，就代表着优秀。她热爱跳舞，一边读书，一边学习舞蹈。她翩翩起舞时双手就像是一双翅膀，每次音乐一起，她就开始翱翔。

毕业后，她从新疆调回广西，又从广西调到北京。最后在一家机关单位任职，据说，还当上了局长。妈妈再次见到她时，已经是三十年后。

她们高护班的同学在北京聚会，好几桌，叽叽喳喳地讲着这些年各自的经历。她两鬓已生白发，皱纹盖住额头。喝了两杯后，大家共同感叹：“老了……”

喝到兴起时，阿姨说：“给你们跳支舞吧。”

她打开手机，手机里放的是一首广西的名曲。她缓缓地站起来，礼貌地说了一句：“好久没跳过了，见笑。”她把厚重的羽绒服脱掉，苗条的身材像羽毛，开始了舞蹈。她时而闭上眼，时而抿着嘴，沉浸在那久违的旋律中。

她舞动着身体，忘我地展现出身体的每一丝美，虽然年华已老，却依旧难挡年轻时的妩媚。战友们看得入迷，不说话，像进入了梦境，看到了仙女。乐曲第一段落结束后，她们才被第一声鼓掌打断，从梦境中醒来，一齐鼓掌。

阿姨弯腰鞠躬，像是在完成着自己的舞蹈动作，又像是一个礼貌的回礼。直到音乐淡出，她抬起头，瞬间，眼睛红了。

妈妈递过去一张纸，跟阿姨说：“都过去了，以后可以随便跳了。”

那天，是阿姨退休的第一天。

二

这是一个悲伤的故事，因为在那个保守的年代，女生不宜跳独舞。

她第一次跳独舞的时候，刚刚参加工作。那天，她喝了好几瓶新疆“夺命大乌苏”，微醺中，她说：“我给大家跳支舞吧。”一位女护士阴阳怪气地说：“王护士还会跳舞呢？”

她没听出来这位女护士的阴阳怪气中带着刺刀，仗着酒劲儿，一边哼着歌，一边跳着舞。她入情地跳着，完全没有在乎周围人的眼光。那个年代，谁允许你凸显自己的美的，谁允许你用个人光环掩盖集体光环的？

可她全然不知。她跳完舞，礼貌地谢幕，意外的是没有一个人鼓掌，只有一个她们单位最呆的同志拍了一下手，然后环顾冷清清的四周，尴尬地挠了挠头。从此，她被单位的女性群体孤立，她不知道发生了什么，直到一天晚上，她被通知调离单位。临走前，没有一个人送她，她孤单一人离开了。

她不知道跳个独舞哪里错了，这是她的爱好啊。

带着难过，她离开了原单位，而她不知道，自己的噩梦才刚开始。

三

第二个单位男领导多，女下属少，她想，终于没有忌妒的眼神和话语了，她可以跳舞了。她最开心的事情就是每天下班后，在单身宿舍里打开录音机播放家乡的歌曲，翩翩起舞，无论一天多难过，只要听到那些熟悉的旋律，烦恼都会被抛到九霄云外。

她只有一盘磁带，一遍遍地反复听。

她第二次当众跳独舞，是在单位的年会上。她打扮得很美，上台前，她特意跟单位的摄影师说，请他给自己多拍几张照片，尤其是她在奔跑、跳跃、旋转时，记得要把胶卷留给她，因为那是她最美的一天。她要用相机记录下这一切。

可是，她万万没想到，这次舞蹈又给她惹上了麻烦。

那之后，她遭到了单位男同事的骚扰，其中很多人都已婚。摄影师说："你跟我在一起，我就把胶卷给你。"而其他男同事跟她讲不痛不痒的荤段子，其中一个，还是她的领导。一天，领导以谈工作为由，请她到他家中吃饭，借着酒劲儿，领导按倒了她。她挣扎着打过去，愤怒地喊着："你把我当成什么人了？"

领导捂着脸冷笑："你要是不想勾引我，干吗要跳那种舞蹈？别口是心非了。"

那时，没有"直男癌"这个词，如果有，那个领导早就晚期了。

他们不知道，女人的舞蹈是跳给自己看的，打扮是给自己看的。那时，她知道了一个道理：想要在这种单位生存下去，女人一定不要跳独舞，因为女人会孤立她，男人会骚扰她。

回到家，她对着录音机流着眼泪，忍痛把磁带从录音机里拿出来。然后，她卖掉了录音机，只留下了那盘磁带，还有那段独舞的美好。

四

之后的十多年，姑娘变成了阿姨，基层工作经验让她升职很快，圆滑的个性让她少走了很多弯路，努力地工作让她不再受人冷言冷语。四十岁那年，她来到北京，成为一名副局长，掌管实权，重要的是，那届领导班子里，只有她一位女性。

她的下属听说她年轻的时候喜欢跳舞，就送了套音响，还送了她最喜欢的歌曲刻成的CD。下属让她秘书在她进办公室的时候放起她熟悉的旋律，秘书照做了。她在忙碌一天后，疲倦地走进办公室，忽然听到了曾让自己舞动的歌曲，可是，老练的她马上冷静了下来。

她问秘书："这是干吗？"

秘书说："刘科长知道您喜欢跳舞，特意问了您原来的同学，给您送了套音响，让您可以重拾一下旧时的爱好啊！

没事的时候，可以跳跳舞放松放松啊！”

她看着音响，转向秘书，冷冷地说：“不用了，给他退回去吧。”然后挤出一丝笑容：“我早就不跳舞了。”

年轻时不能舞蹈，老了却不愿跳舞，一无所有的时候期待光环，以为光环就是翅膀；有了光环后，才发现所谓的光环，不过是枷锁。戴着枷锁，永远不能翩翩起舞。

五

饭局上，妈妈告诉我，阿姨今天退休了，所以可以肆无忌惮地跳独舞了。这是她这三十多年以来第一次跳舞，是那么自由，那么无拘无束。阿姨的父母都去世了，丈夫在广西，长年异地，儿子刚出国读书，她过两天也要回广西了，那是她的老家，也是她曾经青春的地方。

妈妈说到这里，叹了一口气，说：“我们都老了。”说完，摸了摸两鬓的白发。我看着那位阿姨，她的眼眶依旧是红的，像个孩子，像个受过委屈的孩子，一边哭一边笑。

我记得那天饭局结束，阿姨问我：“阿姨从今天开始捡起舞蹈，还来得及吗？”

我说：“阿姨，只要开始，永远不会晚。”

几天后，我要去广西签售，给阿姨发了微信：“阿姨，我要去你家乡签售啦！你要来吗？”

阿姨回复我：“阿姨不在广西，阿姨在上海参加一个独舞选秀比赛呢。”

不知怎么，我忽然被感动了。

点开她的朋友圈，她的朋友圈里只有一张照片，那张照片是一盘陈旧的磁带，上面只有一句话：

青春一直在，只要你还能勇敢地翩翩起舞。

瞬间，我泪流满面。

姐　姐

我很幸运，我是龙凤胎，有一个姐姐，这能让我的孩子有姑姑，虽然现在我还没有孩子。

我一直不太愿意叫她姐姐，因为她只比我大五分钟。

长大后，我认识了几个医生，每次聊到生双胞胎或龙凤胎时，他们都说，妇产科的护士完全凭自己的感觉把谁先拿出来。那个接生的护士感觉明显偏向我姐，就这样，她成了比我大五分钟的姐姐，这一偏向就是一辈子。

一

小的时候我们总喜欢打架，准确来说应该是她打我。小时候女生发育比男生早，所以打起架来，吃亏的往往是我。有时候是为了看电视抢遥控器，有时候是因为意见不一样，然后一言不合就开始吵架，时常你一言我一语，讲的完全是一样的话。比如“你是笨蛋”“反弹”“再反弹”“再再反弹”，这样一次次的斗嘴很快就演变成了拳打脚踢。

我脑子聪明，摆积木速度快，很快就搭出了模型。她看着模型着急，却不知道怎么放第一块，直到看到我摆完，任凭我哈哈大笑。然后她走过来，一脚把积木全部踢飞，留下我一个人号啕大哭。

二

长大后，我们不再打架拌嘴。从新疆到武汉去上学，学校里总有人欺负她，说她是大头。她生气地和别人打起来，又很快被打哭。我立刻冲出去，撸起袖子替她打抱不平，结果也被打哭。我们就这样时常一起哭。

直到上六年级，才有了好转。一天她被一个男生欺负，回到家跟我讲了前因后果，我和几个朋友在楼道里把欺负她的那个男生教训了一顿。从此大家知道：这女生不能欺负，她还有个哥哥呢！她不服气地说：“不，是弟弟！”

上初中后，她开始认真学习，动不动就考进年级前十，老师时常表扬她，而我动不动就被批评。那个时候学校的学习氛围不好，我不爱学习，总偷跑出学校。每次考试前，老师都语重心长地说："你看看你姐，再看看你。"

一开始我还有点儿自尊心，后来也习惯了。

初三那年，我姐喜欢上一个男生，结果不如意，她很伤心。回家的路上，她一边讲一边流泪。我安慰她说："都会过去的。"她说："你也要好好学习，不能考不上高中。"我说："这都哪儿跟哪儿啊？"她说："你考不上高中就不能保护我啦。"

三

高中的时候，我差点儿和一个女生谈恋爱，对方是一个不爱学习的女孩。我也不爱学习，结果被姐姐甩出了几条街。那年分实验班，我差点儿被分出去。于是，我痛定思痛，决心下功夫学习。姐姐开始拉着我每天上自习，给我补课，教我做题。

有一次在回家路上，我看见了那个女生和一个男生一起走，我骑车在路上，忽然失声痛哭，不知所措。

姐姐跟我说："放心，会有更好的。只要你还相信你以后会更好。"

我说："你别给我灌鸡汤！"

我开始埋头学习，准备高考，关于那年，我没有什么记忆，只记得一次次从自习室里出来的景象。一路上我们叽叽喳喳，聊着未来，聊着过去，聊着现在。

四

高考后我读了军校，军校的校规要比其他学校严格，我想倾诉却没人可以诉说。那时不能用手机，我和外界断了联系。

好在当时写信免费，于是，我开始写一封封信寄给姐姐。几年后，她把一个抽屉打开，里面满满的都是我写给她的信。她说："看得出你那时好痛苦，写的文字那么矫情，一点儿不像现在这么鸡汤。"

我说："肯定不是我写的。"

大一那年，她来北京参加比赛，我刚好因为训练腿骨折了，拄着拐去看她。在鸟巢看到她时，我面带愁云："这不是我想要的生活。"她告诉我："如果这不是你要的，那你要问问自己想要什么！"

我说："我不知道，但我知道这不是我想要的！"

她拍拍我说："那你要不要跟我一起参加英语演讲比赛？"

在没光的时候，只要看到一丝亮，都是人生的曙光。我开始像疯子一样练习口语，一次次在空旷的教室里疯狂地练习着。那段日子，没人理解，只有无数冷眼。那种委屈，我无法诉说，只能一次次打电话给她，她只是简单地告诉我两个字——坚持，然后就挂断电话。

后来我才知道，她之所以说话格外简单，是因为那时她正在谈恋爱。

五

那应该是她的初恋，懵懂无知，单纯用心。两人毕业后，双双来到北京，男生来北京读书，而她来办出国签证。那时我已经从军校退学，陪着她在大使馆办理了所有手续。她出国时，我送她到首都机场，临别前，我说："记得经常打电话。"

她走进安检口，不停地回头。我转身，眼泪就开始往下掉。

我想：这应该是我们第一次生活于不同的国家吧。

我不知道她在国外受了什么苦，我只知道我去美国看她时，她含泪说自己这段时间经历了太多磨难。我只知道她回国后就和男朋友分了手。有一次我帮她拿手机时，清楚地看到她抹着眼泪的自拍……

不过，谁的青春不痛呢？

两年后，她回国，我问她：“想去哪个城市？”

她说：“当然去北京。”

我没问为什么，但我知道。

一次她喝多了，我开着车把她送回家，她半梦半醒地说：“我在北京敢这么嚣张，还不是因为我知道出什么事情都有你顶着啊！”

六

京城米贵，北漂不易。我们都在北京，但见面次数很少，忙碌占据了我们生活的大部，虽然住得近，却最多一个月见一次，偶尔也只是在家庭群里互相臭贫一下。我们回家的次数也越来越少，时常是她回家我不在，我回家她加班。

父亲曾经说过：“你们都会长大，都会有自己的家庭。”

后来我明白，每个人都会长大，都会面对柴米油盐酱醋茶，都会有自己的家庭和自己的世界。

而亲人只希望你好，默默地祝福着就好，不打扰。

七

她找了个靠谱的男朋友，我们时常在一起吃饭，聊到过去的事情放声大笑，回家时我忽然明白：

她不用我送啦！

虽然是解脱，但心里空空的。

她的男朋友很有担当，也很会照顾人。她很幸福，时常在朋友圈里更新着自己和他的动态，有她的地方，她男朋友一直跟着。

我默默点赞，安静祝福着。

这些年她在北京努力着，我也奔波着，在这个世界里找寻着自己的归宿，在不同地方签售行走。

直到有一天，她男朋友给我发微信："尚龙，晚上有空吗？我要求婚了。"

我看着微信，忽然眼睛红了，我推掉所有的事情，简单回复一句："准时到。"

八

2017 年 2 月 21 日晚上 9 点，教堂里，一些人正在讨论着《圣经》，而我们交头接耳地密谋着什么。

结束后，她男朋友站了起来，说想和大家分享一个重要的时刻。众人期待中，他走到人群里，掏出一枚戒指，面向姐姐说：“谢谢主，能让我遇到你，骨中的骨，肉中的肉，从今天起，我不会让你受苦，你愿意嫁给我吗？”

我举起手机，努力想记录这一时刻，直到她一半震惊一半欢喜地点头，说“好”。我才发现自己已经泪流满面。

戒指被戴到她的无名指上时，我已看不清眼前的画面，泪水模糊了我的双眼，二十七年的回忆瞬间浮现在脑海中。忽然有无数的话，不知道怎么说，脑海里只有几个字不停地重复：要幸福，一定要幸福……

九

没过多久，姐姐怀孕了。

我们全家都期待着新生命的诞生。有一天，她给我打了个电话：“想办法给我弄四张周杰伦演唱会的票，我要听。”

姐夫在电话里担心地说：“别逞强了，那么多人，万一出事怎么办？”

她笑着说：“那是我的青春啊。”

那天，她和姐夫笑嘻嘻地走进工体，大摇大摆地拿着票，乐呵呵地拍着照，我们护送着她走上看台，坐下。

她说：“等会儿我要嗨，你们都别管我。”

可是，音乐响起，我转身看她，她早已泪流满面。

我知道她不是喜欢台上那个偶像，而是熟悉的旋律让她想起了太多青春时的故事：第一次罚站，第一次打架，第一次懵懂，第一次拿着随身听递给曾经喜欢的男生……

她递给我一张纸，一边哭，一边跟我说：“你别哭了。”

我才发现，眼泪也挂在了我的脸上。

演唱会结束后，我嘲笑她快三十岁的人了还追星。她说：“我不是追星，是因为音乐里能储存故事，它让我想起了许多过去的事情，这些事情，我以为都忘了。”

三十岁的人了，很多事情，都忘了。

最后一首歌，一对情侣听着周杰伦的《半岛铁盒》，也在我们面前流了泪。

那是周杰伦十五年前的一首歌，男的跟我一般大，听这首歌时，一定也在读初中吧。

音乐响起不久，男生泪流满面，显然，他想起了初中时的姑娘。

女生坐在男生身旁，她笑着掏出一张纸，擦掉男生的眼泪，大声地说：“都过去啦，现在你只有我。”

声音大到，我在后排都听见了。

男生看了一眼那个姑娘，笑着，紧紧地抱住了她。

是啊，那些逝去的、离开的，都过去了。

现在的，就是最好的。

十

这是一个弟弟的独白，接下来要进入尾声了。

写了这么多故事，终于有一篇要写给最亲的姐姐了。我从来不当面叫你姐，但我知道，五分钟就是五分钟，我认，所以：

谢谢你陪了我三十多年，接下来的日子，你要认真幸福地生活下去。

谢谢你找对了人，那就互相帮助、互相搀扶地往前走吧。

不用担心我，我求婚的时候，你们的眼泪都要还给我！

原来只有弟弟保护你，现在多了个男人，他比弟弟更强，更能让你开心，你要跟随他的脚步，和他共同面对生活里的困难。

那些你受过的苦，我和他都不会让你再经受。

还记得我说的吗？世界上所有的苦难，终有一天会烟消云散。

你又要说我鸡汤了，虽然我知道，你从不允许别人在背后说我写鸡汤，但我清楚地明白，你其实想说的是：我，只有你能骂。

日子长，我们终会长大；青春痛，我们终会度过；爱情虐，我们终会结果；生活难，我们终会坚强。

我会一直在你身边呵护着你，所以，要幸福！

让我请你吃顿饭

一

在哈尔滨做活动时，我接到了大林的一个电话，她说：“龙哥，我请你吃饭吧。”

我说：“你一个小姑娘，还在读书，请我吃什么饭？直接给我打钱吧。”

她说：“求求你了，让我请你吃顿饭！欠你好久了。”

我看了看表，也到了吃饭的时间。

我说：“好吧。那这样，你订个位子，我请你吃饭。”

她订了个餐厅。我们见了面，她还是那个小个头儿，但是特别能吃。

吃完饭，我对助理说：“去把单买了。”

助理走到前台，准备刷微信时，前台就说：“先生您好，您的单已经买过了。”

“谁买的？”

“那个小姑娘。”

我瞪着她，她笑嘻嘻地说：“这是我打工赚的钱。”

“你什么时候开始打工了？”

“我说过要请你吃饭的。”她说。

二

大林应该管我叫舅舅，虽然她只比我小几岁。

我对中国亲戚之间的这种称呼充满着疑惑。所以大林一开始叫我舅舅时，我立刻纠正她：“叫‘龙哥’就好，别瞎叫。”

她说：“我没瞎叫。”

她的家在河南省信阳市的光山县——我父亲出生的地方，父母都是农民。

那是一个很穷的地方，前些年，是中国的贫困县，但有着特别高的政府大楼。这种反差，令人觉得奇怪。

大林也是在那儿出生的。

我的表姐在当地的一所中学当老师。大林读高中的时候，每天来得最早，帮她和其他老师发作业；走得最晚，帮同学打扫卫生。大林的眼里有活儿，只要看到教室里有一点儿废纸，她就捡起来放进口袋，然后走出教室，扔到垃圾桶里。

有一天，表姐问她："为什么每天回家这么晚？"

她说："因为家里不太适合学习，想在学校多学一会儿。"

表姐问她："吃了没？"

她说："还没来得及吃。"

表姐说："那来我家吃饭吧。"

那是大林第一次去表姐家吃饭，她吃了个底朝天，吃完赶紧收拾碗筷，把桌子打扫得干干净净。

表姐觉得她很能干，两个人又特别聊得来，就收养了她，认她当干女儿。

就这样，白天她在学校学习，晚上去表姐家帮忙做饭。

这样的关系，保持了许多年。

直到高考的那一天。

三

从县城里考出去的孩子，都要经过十分艰苦的努力，因为那是一座独木桥，上面有着千军万马。

更何况，这里是人口大省——河南。

她进考场前，表姐告诉她：“你是咱们班唯一能上一本的希望，但是要放轻松。”

她点点头，说：“我尽力。”说完，就进了考场。

高考结束后，恰巧我回光山县看爷爷，表姐拉着大林来见我，说：“尚龙，大林考过线了，超过一本线 50 多分。”

那是我第一次见到这个小姑娘，她开口就叫我“舅舅”，但被我严厉制止了。

我说：“叫‘龙哥’，我请你吃饭。”

那是第一次，我们在一家饭馆里吃饭。

我对大林说：“如果可以，尽量去大城市，那里有更多的可能。”

大林问我：“可是，在大城市里我谁也不认识啊。”

我说：“你认识我啊。”

她说：“我不敢去北京，那里离我干妈家太远了。”

表姐说：“傻闺女，那里才有发展啊。”

我想了想，给父亲打了个电话，然后告诉大林：“我的建议是，报考武汉大学，如果分数不够想保险一些，中国地质大学武汉校区也行。上这两所学校，你在毕业后会非常有发展潜力。重要的是，离我家近。我父母能帮上忙。”

说完，我去把单买了。

大林笑着对我说：“龙哥，以后等我赚钱了，我也要给你买单。”

我点点头，开玩笑地说："那我不得等几十年？"

四

大林到武汉的时候，刚好是我离开武汉去北京工作的时候，也是我姐姐在国外读书的时候。

家里没人照顾两位老人，所以，她隔三岔五就到我家去，帮我父亲做家务，陪我母亲聊天。只要我打电话回家，问爸妈身体如何，爸妈就告诉我，有大林在呢。每每听到此，我的心里就感到很踏实。

大林是个踏实的姑娘，无论到哪儿，眼里都有活儿，也都带着踏实。

所以，只要我回武汉，我就会请大林吃一顿饭，有时候是大鱼大肉，有时候是山珍海味。每次吃完，大林都笑嘻嘻地看着我，说："等我以后赚钱了，我也要买单。"有时候，她还会傻傻地帮别人打扫一下。

我一边制止，一边开玩笑地说："好。那我可要多活几年。"

她学的是英语专业。在大学里，她没有浪费时间，毕业那年，已经考完了英语专业四级和专业八级。我经常会给她开列一些书单和要考的证书，这些书单和证书她一个也没落下。这大学四年，值了。

她经常对我说："我在大学里好像什么也没干。"

我总笑着对她说："别瞎说了，你应该看看其他人都在干什么，就知道自己什么都干了。"

在这个时代里，许多学生所理解的上大学，无非是被大学"上"了。

其实大学四年，你并不需要做太多惊天地、泣鬼神的事情，你只需要过好每一天，把该学的技能学会了，该考的证书考完了，为自己负点儿责，多读几本书，多去上几次体育课，这四年，往往就不会白过。

现在的许多大学，更像一个收容所，把学生关在里面四年，学生出来后，还是什么也不会。

大林考完英语专业八级后，已经是大四的上学期了。

她确定了一件事：自己真的不喜欢英语。

于是，她决定考研。

五

大林先是报了一个班，接着，找到所有专业课的资料，一道题一道题地搞懂。

然后，她每天花十多个小时泡在图书馆里看书、做题、背单词，学累了就回到家里，帮忙做点儿家务。

她说：“备考时，做家务也是一种放松。”

当一个人全心全意投入一件事时，时间就会过得飞快，心理学上把这种感觉叫“心流”。

半年后，大林进了考场。

又过了两个月，大林给我发了条信息：“龙哥，我考上了哈尔滨工业大学的财务管理专业，我要去东北啦。”

我笑着回复她：“怎么，这回不想家了？”

她说：“读完研究生再回来嘛！”

人就是这么成长的。

就这样，我又请她吃了一顿饭，恭喜她考上了研究生。

后来，爸妈告诉我，她离开武汉的时候哭了，说从小到大，从来没有人对她这么好。爸爸对她说：“那是因为你又勤快又好学啊，因为你好，所以你值得被更好地对待啊。”

其实生活就像一面镜子，你如何对它，它就会用同样的方式对你。

你的微笑，最终都是笑给自己看的，就如你的坚韧，最终也是为了自己的倔强。

她一边读研究生，一边做兼职。

她偷偷地把单买了，还说，下次她还要请客。

我坐在中央大街的咖啡厅里，写下这段文字，想起这些年她给我讲过的故事、对我说的话、她一路的成长轨迹和一直欠我的饭……

我知道，这个故事不惊心动魄、不波涛汹涌、不跌宕起伏，没有青春电影那么激烈。

但，这是一个从农村来的姑娘，一点一点奋斗的青春。

而真正的努力，其实很简单，有时候，就是为了请别人吃顿饭。

这种努力，叫平静的努力。

而平静的努力，却能换来波涛汹涌的青春。

成都的月光

一

我很喜欢成都，生活气息浓，活力十足，一到晚上，万物复苏。

抬头一看，连月光都有种麻辣的感觉。

每次出版社让我来成都签售，我都是跑着点头。

但成都这样的城市对我不太友好。因为我不能吃辣，而这座城市遍地辣椒，吃个泡面都没有不辣的。

有一次去成都签售，我跟助理在楼下吃饭，看了看琳琅满目的红色，我跟老板说："能不能不放辣？"老板横了我一眼，说："不行。"

我说："我是外地人，如果吃辣，第二天浑身起疙瘩，明天还有活动，万一满脸痘痘不方便。"

老板笑了，说了句："微辣你总能吃吧？"

我咬了咬牙说：“微辣也行。”

很快，第一盘菜上来了。直接说结果，这是我第一次被重新定义了什么是“微辣”。我汗如雨下，眼睛也通红了。

我问老板这也太辣了，实在吃不下去，有没有水我涮着吃。

老板端来一盆水，我一边涮一边说：“老板，你确定是‘微辣’吗？你对‘微辣’是不是有误解？你是想把我辣死好继承我的‘花呗’吗？你……”

最后，老板打断了我的疑问，说了一句很亲切的话：“妈卖皮。”

这个确实没听懂，应该是夸我帅。

自从开始写作，我每年都会来一次成都。

我还记得2019年，我请到了我的两位兄长、合作伙伴，也是我的好朋友尹延和石雷鹏。2020年，我定了成都、武汉、深圳、广州这些南方城市做地面签售，我太爱南方了。好像只有南方，才能让我感受到生活的气息，万里无云的蓝天，让人想写下自己不一样的篇章。

而在2021年，我和他们已经不怎么联系了。

他们还在教培行业上着课，我已经离开那个行业，做了自己的公司：飞驰成长。

有时候还会发个信息，说句节日快乐，但大部分时间，生命却已然没了交集。

二

我爱跑签售，这是作家圈公认的，虽然没有出场费，但就是特别愿意跑来跑去。

每年一次的签售会已经像是一次老朋友的聚会，许多人都是见了我好些年，从学生，一步步走入职场；从职场，一步步走入婚姻，接着当了父母。这种相逢每年一次，每年都有不一样，每年也都一样，一样的是现存的热血，不一样的是每年的不同。

2020 年在成都签售时，我正对面坐着的那个女孩子，刚从英国回来，样子没变，经历却变了太多。她拿着麦克风对我说，她去年在英国留学，第一天就被人抢了。

我瞪大眼睛看着她，全场都透着惊讶的目光。

她自豪地说："我又抢回来了，我可是跆拳道冠军，武术冠军……全场爆笑。"

然后她拿着麦克风，说完自己的故事，很自豪地抬起了头。

我很敏感，从她的眼神中，我看到一丝孤独。是啊，一个那么坚强的女孩子，世界是不允许她伤心的。

可是她的生活也有着自己的困扰，谁问过异国他乡的孤独，谁问过职场中的无奈，谁问过成年后的迷茫，只是坚强盖住了她的忧伤。她还是说完了她的故事：一个人在异国他乡的孤独，在国外找不到工作的绝望，回国无法适应的节奏……很简单平凡，但又充满着不易，我刚有些感伤，她又大声喊着："龙哥，你助理很帅，我能加他微信吗？"

我逗助理小宋说："你主动点儿。"至于加没加，我就不知道了。我只知道，那悲伤又一次被她的坚强盖了过去。

没有人可以一直乐观，但乐观可以装很久。装着装着，就成了自己的保护色。

人越往高处走越孤独，因为上面的空气越稀薄，没人可以鼓励你，于是，你只能自己鼓励自己了。

三

去年在互动结束的时候，我清晰地记得，一个男生冲上台拿着麦克风讲了快十分钟。

他说他很紧张，很内向，所以想突破自己，于是他站了起来抢了最后一次互动问答的机会，因为不知道怎么收尾，一讲就超时了。这十分钟，现场的几百位同学可不好熬，因为他有点儿语无伦次，完全不知道自己在说什么，如果不是我打断他，估计他能紧张地讲一天。

今年是我第二次见到他，他拿着麦克风只讲了两分钟，问了一个问题，成熟了很多，表达也畅通了。

我想起一句话：长大是鼓足勇气上台，成熟是知道什么时候该闭嘴。

所以签名的时候，我给他写了一句话："希望你越来越好。明年见。"

分别是人生的主题，那么分别时，就让我们下次见面时越来越好吧。下次见面，他会变成什么样呢？我又会变成什么样呢？

我时常想起童年的时光，看着我童年的日记，会有一丝恍惚，觉得那个人是自己吗？如果那个时候的我，知道现在的自己是这样，是会自豪还是会骄傲呢？我不知道，但我相信，应该自豪会多一些。

因为我正在变好。

四

我经常在签售现场收到同学的信，每一封我都看，有时候在路上就读完了，时常在火车上、飞机上看着看着就泪目了。信是最真诚的表达，古时候没有手机，只能靠最简单的方式表达出最深情的想法，那是故事的雏形，后来有了手机，信息变得越来越多，故事变得越来越浅，好在我还能收到一些故事，那些故事很真诚，每次读完才知道，原来每个人，都有自己跨不过的坎儿。

故事里这位学播音主持的同学叫小吴，中考失利后，本以为生活就完了，家人不理解，同学也渐行渐远。在一天晚上，她偶然看到了《你只是看起来很努力》。曾经丢掉的梦想，一下子重燃了起来，她觉得一切刚刚开始，自己这么年轻，没有理由放弃。她不顾爸妈的反对，一点点努力学习专业课，最终凤凰涅槃，转型成功。现在她在成都的一所大学学习播音主持，大二。

现场她跟我说话的时候，眼睛红了，一边说一边哭，说实话，我知道这是什么感觉，因为我也是这么过来的。那是一种曾以为自己倒在血泊又拼命站起来的感觉，一种被生活打倒，又骂着人站起来的快感。

我对她说："我跟传媒圈离得还挺近，如果有什么能用得上我的地方，请一定告诉我。"

我让她加了我助理的微信。虽然我也不知道能不能帮得上她，回到家，我给电视台的几位朋友打电话，说如果可能，我介绍一个朋友去你那边实习。

回到酒店，我看到了她的信，她把自己的故事重新讲给我听，这信写的，就是我曾经的青春。那些艰苦的过去，那些充满希望的未来。

小吴，祝好，希望下次再见时没有眼泪，只有微笑。

五

在成都，同样红了眼睛的还有一位男生，他拿着一沓邮票要送给我。

他今年三十多岁了，在北京毕业后就回到四川的酒店工作，去年结婚，要当爸爸了。

可是，我感觉他并不高兴，他觉得一切都止步于此，不甘心。北京好像有他的梦想，他不服命运给他的安排，却又无能为力。2010 年，他从北京毕业后唯一留下的东西就是这份收藏很久的邮票，少了两张，但他想送给我，他说，这东西对他没用，或许对我有用。

他的手在颤抖，可我不知道该说什么，他红着眼看着我的模样，让我想起了我的小时候。

我也曾经把一本《致青春》送给我高中同学，我对他说："给你吧，我在军校用不着。"但最终证明，他也用不着，他很快就弄丢了。

因为那是我青春的重量，不能压在他身上，就像他青春的遗憾，也不会因为我而不再后悔。

我们对未来的期待，对青春的渴望，对美好的追求，只能靠自己。

于是我走上前，拥抱了他。我对他说："我先不拿你的东西，我等你来北京，你来北京后带给我。"

兄弟，我不知道你有没有看到我这本书，但如果你在看，我想告诉你：勇敢点儿，无论多大年纪，永远不要停止前进的脚步，别觉得到了三十，就应该就必须怎么样，人的思维应该无穷宽泛，像天边的云彩，天下都是你的曙光，别被生活打垮，能打垮你的，只有你自己。

我们未来见。

六

再说个愉快的故事，两个倒霉孩子知道我是作家，让我签字，我低头一看，语文课本。

我对他们说："我是英语老师啊。"

她们看着我，很疑惑，说："那你也签吧。"

于是我签了。

有时候，我都会忘记自己还是个英语老师。这跨界跨得，自己都蒙。这也是我想跟那位男同学说的，这世界没有什么限制，只要你想看见更大的世界，你就勇敢点儿。我作为一个斜杠中年，想告诉你，任何年纪，只要你敢拼搏，你总能看到不一样的世界。往上走吧，上面的风景更好。

还有一个男生，头发都没了，带老婆来的。他说自己是做工程的，每天都很累。我开玩笑说：“从发量看出来了。”他说，他没考上高中，但好在自己在坚持学习，所以至少到今天他比同龄人都要强，自己赚的钱也够花了。一旁是被他扯过来的老婆，笑嘻嘻地看着他，很幸福。他说：“学历不重要，重要的是你在做什么，你是不是在持续奋斗。”我说：“学历也重要，但你在做什么、是不是在持续奋斗更重要。”

七

走前那个夜晚，成都下起了小雨，我再次看着这座寂静的城市，抬头，看不见月亮。

我坐在车里，又打开电脑，也不知为什么，就写了这么多断断续续的故事。

写这些人有什么意义呢？

我想：如果这些人有什么共性的话，就是，他们都在时代的浪潮里依旧孜孜不倦地努力着。虽然他们可能和我一样，明白我们的努力在生命的长河里是一场空。

但大家似乎明白：来这世上一遭，所以想尽全力看看天上的月亮。

哪怕抬头时乌云满天。

名　字

一

师父，名字有什么意义吗？

名字是我们来到人世间被打下的第一个烙印。

所以，我们有没有可能没有名字？如果我们没有名字那不就叫无名了？那我叫无名的时候，我还是有了名字，还是被限制住了。

所以，人必须要有名字。

那人可不可以改名字？可不可以一辈子多用几个名字？就如我可不可以一辈子多做一些事情，多经历一些不一样的人生。

师父说：“从今天起，你就叫李杰吧。”

我说：“我为什么要叫‘结巴’。”

师父说：“滚。”

我拜师两年，终于有了自己的名字，也就是那个时候，我认识了师父的闺女，叫 Carrie，是的，她没有跟着师父一起学习写剧本，而是胡乱折腾了自己的青春。

我认识 Carrie 的时候，不知道她的真名，哦，现在我也不知道，只知道她长期在美国和中国之间飞来飞去，和师父的关系也一般。吃饭的时候，她好像说过，她是哪个公司的投资人，经常跟别人一起谈项目，学的金融专业，和师父走的是两条完全不一样的路。

“你为什么要学写剧本？”她问我。

“我也不知道自己能做什么。”我说，“那你呢？为什么要学金融？”

“我也不知道自己能做什么。”她说。

“那咱们一样。”

十八岁的我们，就这么成了朋友，她开始跟我在朋友圈互动，谁想到，另一个共同好友忽然给我留言说：“你也认识李总？”我有些疑惑地问他：“你是在叫我吗？因为我姓李，可是，你怎么知道我有了笔名？”

就这样，我才知道她也姓“李”，或者应该姓“李”。不久，她组织了一次聚会，在聚会的时候，另一个朋友叫了一声“王总”。我知道肯定不是叫我，因为我不姓王。

至于她为什么要改名字，我也不知道，难不成是坏事做得太多，或者是师父和师娘对她不好，我也不曾得知，但这个故事只可能是她身上的，因为只有她能把日子过成这样。

她出生在南方的一个小村庄，有一个弟弟。在生她后，师娘看了一些怪力乱神的剧本，着魔了，说：“如果给第一个女孩子起一个男性化的名字，或者当作男孩子养，下一胎才可能会是男孩。”

于是，Carrie就被当成男孩子养了好多年，还被起了个男性化的名字，至于叫什么，她没说，只说很男性化。我说：“有多男性化？”她说：“比你的名字还难听。”我说：“我的名字还好啊。”她说：“那是你觉得还好而已。”她的性格也慢慢男性化起来，跟村里的小伙子打架、玩儿泥巴、爬树，还经常把别的男生打哭，一个人可以打两个、三个，第四个来的时候，她会想办法把第四个发展到自己这边，文武双全。被当男孩养的日子里，她竟然有了不怕苦和脏的精神。不知不觉，弟弟出生了，师父和师娘都忙于宠爱弟弟。再接着，她上了中学，在同学的提醒下，她开始注意到自己和其他女生不太一样，尤其是有了闺密后，她意识到自己坐下和站起来的样子都和别人不同，于是她硬是憋着，让自己有点儿女孩子的味道——穿裙子、穿高跟鞋、涂口红、烫头发……

她这一番操作后，竟然有人开始追求她，这让她开始变本加厉地装女人。

我说："你这不是装女人，你本来就是女人。"

她赶紧说："对啊，人家本来是女人。"

她没有参加高考，靠着自己的英语水平，顺利通过小语种考试，考上了外国语学院。去了外地，她更有恃无恐，从那天起，校外的人就很少有人知道她的真名，校内的同学也叫她 Carrie。

"你到底叫什么？"我问。

"我叫 Carrie。"她说。

你爱叫什么叫什么吧。

二

我继续写着剧本，每天过着一模一样的生活，这个行业一会儿有钱一会儿上市，一会儿抄袭一会儿爆款，但好像都和我无关。我还是靠写字为生，但她的生活像开挂了一样。毕业后她经人推荐进了"海航"，从投资助理一直干到了投资总监，虽然不知道这些抬头是什么意思，但似乎终将是朝上走着。

偶尔看到她的朋友圈，也觉得这世界并没有把我们之间的距离拉得很远，好像一根网线，就让彼此在身边。看着师父的儿子一天天长大，我知道自己年纪也不小了，要谈婚论嫁了，越到这个年纪，越喜欢看 Carrie 的朋友圈，那一张张好看的照片，能抚慰我内心焦躁的声音。那一个个微笑，像冲着我来一样。

有段日子，我帮师父写剧本，写累了就偷偷约她吃饭，我发现一个能约她出来的规律——只要说我请客，就能约出来。可谁知道，一约她，就来一大堆人，虽然有些失望，但一跟她吃饭，就觉得师父对我的不好通通消失了。我能对着她浮想联翩，我的脑子里能和她发生无数的故事，然后回到师父那里，继续写下来。好几次师父都夸我“这段男女关系写得挺甜”。

我心想：你也不问问我是根据谁写的。

这段臆想持续了很久，直到有一天，她忽然消失了，一晃几个月没发朋友圈。我没好意思问师父，我给她发了条信息，没回，打电话也是关机。一个人没有名字、微信不回、电话不接，在这个互联网时代，就是死了。我又开始臆想了，在我写了好几场一个女人如何死去的戏后，一次吃饭的时候，师父说她去了美国。

那个万恶的资本主义国家，好像所有的青春里的分离，都因为这个国家。

于是，我又写了好几场关于分离的戏，男主人公都是因为要去美国，才和女主分手，女主哭得稀里哗啦，男主只是冷冷地说：“对不起，我想去远方。”

很长一段时间，师父都说我写感情戏太浮了，不接地气。我也没说话，因为我失恋了。是的，失恋了半年，感情没了安放之所。

这挂念，在一个下午突然就没了。又过了一个多月，Carrie 回来了，理了短发，非要请我吃饭。我说：“这么久没见了，为什么要请我吃饭？”

她说：“要给你丰富写作素材。”

我说：“好。”

我才知道，半年前，公司派她去谈一个在美国的投资项目，她谈完项目，就给领导发了封邮件：“我申请辞职，任务已经完成，我想在美国多待两天。”

说完拔掉了电话卡，换成了美国的号，开始旅游。连社保都不要了，说走就走，简直是无人能敌。

那段时间，公司资金出了问题，面临改组，人员流动快，好多人都是撕完再走，她早就看出了问题，虽然当时没走，但离开不过是早晚的事。既然注定离开，就要选择一种最帅气的方式离开，就这样，她消失了。这久违的假期让她毫无抵抗，她买了张票，飞去了洛杉矶的海边。在那儿，她遇到一件更有意思的事。

三

她躺在海边，装上美国的手机卡，打开脸书，竟然在脸书上看到朋友发了条招募广告：一部戏在找女演员。

只要不是编剧就好。她想。

那是好莱坞在美国的一个项目，需要寻找英语好的中国女演员。已经有很多演员来面试，但都因为英语不好，被pass（淘汰）掉了。她赶紧坐起来，用手机做了份简历扔了过去。谁承想，不到一个小时，就接到电话，人家说："你来试试吧。"

后来她才知道，剧组之所以同意让她试试，是因为实在着急开机。

第二天，她火急火燎地跑到片场，在导演面前念了那段戏里的台词，时不时还做出一些夸张的动作，这是她第一次演戏，第一次演好莱坞的戏。可能是因为家族遗传，或在师父熏陶下的潜移默化，演着演着，来感觉了。还时不时加了一些语气词。现场很多白人，都捂着嘴笑。演完后，她直接返回酒店。

第二天，导演给她打电话，说："别走了，我们帮你申请签证。"

她问导演："我演女几啊？"

导演说："女一。"

她跳了起来，觉得自己的运气爆棚了，就这样，她在洛杉矶待了半年。

她说："之前 ×× 和 ××× 都来试戏了，都没成功，我一次就成功了。"

我说："你说的这俩人我都不认识。"

我又问："那你演了个什么？"

她说："演了个女鬼。"

我才知道，她演了个鬼片。

我又问："那能看到你的署名吗？我之所以这么问，是因为我已经好几部戏没署名了。"

她说："不能。"

我问："为什么？"

她说："我说我叫 Lucy。"

算了，我也不在乎她叫什么了，只知道半年的时间很快，我又可以跟她一起吃饭了，可是我却找不到当时的感觉了。可能，我已经不喜欢她了吧。

我们约在附近的一家餐厅，我问她："想吃什么？"她说："必须是中餐。"

我说："好一个中国人的胃，跟我一样，我也是一回国，就想吃点儿中餐，哪怕吃顿饺子。"

她说："你什么时候出过国？"

我说："在剧本里经常出国。"

她说：“你能不整天写剧本吗？”

我说：“怎么，瞧不起我们？最近我有个特别好的角色，你要演我跟导演申请去。”

她若有所思，我觉得我说中了。

我问：“演戏上瘾吧？你以后是不是准备从事演艺事业了？”

她说：“我这次回来，是来面试一个律师事务所，姐以后要当律师了……”

四

我们就这么吃着晚饭聊着天，我才知道发生了什么。

她到了好莱坞，发现自己成了抢手的香饽饽，好多男生追求她，亚洲女孩子在美国的受欢迎度可想而知。尤其是当地的一些华人，许多人都是富二代，却很寂寞无奈，因为语言不通，有钱也找不到合适的。于是她在刚进组的一个月里，就忙着两件事：背台词、选男生。

一群男生在追她，有个男生跟她吃了两顿饭，就开始跟她讲结婚的事情，说什么结了婚，你就可以来美国拿绿卡；说什么结了婚，你就可以住在我洛杉矶的家。她很好奇地问：我干吗要你的绿卡，干吗要住在你的家，重要的是我干吗跟你结婚？但是那个男生整天缠着她，每天她拍戏收工，他就开车到片场，拿着花等着她，带她去吃饭喝酒，介绍她认识他的朋友。

日久见人心，Carrie 觉得他挺不错，至少是个实际的男孩，就答应和他在一起了。

又过了一段日子，男朋友的朋友约她去家里喝酒，说不用担心，因为他的女朋友也在。于是她放下戒备，开着租来的车就去了他的别墅。进了别墅才发现，就他们三个人。仔细看，那个女生一点儿也不像他的女朋友，聊了没几句，就上楼跟另一个男生视频去了，留下她和那个男生在一楼喝酒。Carrie 知道自己的酒量，差不多的时候总会立刻停下来，但这次麻烦了，那个男生一边给她倒酒，一边给她讲故事，都是她男朋友过去的婚恋史还有背叛其他女生的故事，那一个个故事，让她想到了《了不起的盖茨比》里奢华的生活。

讲到最后，他说："其实他现在也没跟过去几个女朋友断干净。"还说："你被骗了。"

她忽然意识到，自己进入了一个十分复杂的圈子，这个圈子很乱。她开始流眼泪时，那个男生说："有个解决方案，你可以跟我好，用这样的方式来报复他。"

她猛地喝了一口酒，瞬间都明白了。但就是这口酒，让自己差点儿昏了过去。她摇摇晃晃走进厕所，用水洗脸，才发现电视上演的都是假的，用冷水洗脸，越洗人越不清醒。

她意识到，自己的酒里被下药了。

因为她从来没有这么晕过，她知道一杯威士忌是什么量，以前哪怕是一壶50多度的白酒，也不至于让自己晕成这样。于是，她用尽全力，拨通了911。她也不知道从哪里迸发出的力气，她大声喊着："Please help me!"（救命！）然后准确地说出了地址，直到她说完，那个男生走了进来，抢走了她的手机。

十分钟后，警车就停在了别墅前。

警察看见她醉醺醺、躺在地上的样子，就问男生怎么了。男生说："她就是喝多了，真的没事，何况我有女朋友。"说着，他就把楼上的女生叫了下来。女生说："是的，我们是男女朋友。"警察调查半天，对Carrie说："你以后少喝点儿，你跑别人家喝酒喝成这样，还说别人伤害你，你怎么想的？"

说完，就走了。

警车离开的瞬间，她一把推开那个男生，冲进了自己车里。她一脚油门，差点儿撞上马路牙子，车子左冲右撞地前行，幸亏路上没人，她才能开走。等到开过了几个街区，她才把钥匙拔了，靠在车里睡着了。第二天，她去了医院做检查，医生问她："昨天是不是吸毒了？"

她说："没有，我只是喝酒了。"

医生摇摇头，说："血液里有毒品，我们确定。"

她忽然明白了一切，吓了一跳。她问医生，这个结果可以给她吗，她怀疑别人给她下了毒。她要起诉，还把昨天的故事讲给那位女医生听。

女医生说："可以给你，但是有个问题，姑娘，你没有办法证明是别人给你下的毒，因为也有可能是你自己吸的。加州是讲证据的地方，何况你还没证人。其实，我们这儿之前也有过这样的案例，但女方一点儿办法也没有，法律上，无解。"说完医生也摇了摇头。

就这样，她在医院住了几天，脑子里一直乱七八糟，她心想这罪恶的美国，万恶的资本主义，等这一切结束，我要赶紧回去，国外的月亮，一点儿也不圆。

她删掉了他们的微信，准备回国。

五

让她下定决心学法律的，是她出院的时候，一个男医生问她："有没有医保。"她说："没有。"

医生点了点头，在纸上写了5000美金。

她吓了一跳，问："为什么这么多？"

医生说："加州就是这样，没有医保就是这样。"

她说："你们一开始为什么没说多少钱？我就住了几天，

输了几瓶液，我现在也没有这么多钱啊。”

医生说：“我们的原则是这样，一开始先救人，钱不够可以让朋友转。”

于是她把电话打给制片人求助，制片人怕耽误戏，赶紧来到医院，跟医生说了一句话：“我们没有医保，而且也没有那么多钱，我们现在要走出这个大门，你要有什么事情，跟我的律师说。”说完，就带着她大步走了出去。

在路上制片人说：“在美国很多医院，如果你没有医保，医生说多少钱就多少钱，可以多可以少。对你来说，你不给原则上都没问题，何况你是个 visitor（外来者），你不给钱就回国都没关系，他要这么多是不合理的。”又说：“你要懂点儿法律，才能保护自己。”

第二天，她收到了一封来自医院的邮件，这次在医院的费用是 150 美金。

5000 美金和 150 美金，中间，是知识的费用，要付的是无知的代价。

她直接去了医院，拿着 150 美金，递交给医生。也就是那天，她决定学法律，她说只有这样才不会被人欺负。

于是她在收工后，调整了自己的生活。她首先拒绝了那些无聊的邀请，接着自己跑去当地的图书馆借阅法律相关的书，她通过一些朋友找到了北京的一家律师事务所，发信息咨询等这部戏结束后，能否去实习。就这样，

Carrie 这家伙，一步步从法盲到具备了一些专业知识，她说：“过两天我去实习。”

我听得入神，这家伙半年的时间，竟然过得这么起起伏伏，剧本都不敢这么编。

“我也不知道自己能做什么。”我说。

“我也不知道自己能做什么。”她说。

我明白了，我们其实是不一样的，我不知道自己能做什么，所以只能做一件事；她不知道自己能做什么，所以什么都尝试一下。

于是，一个人过着普通人的生活，一个人活出了花儿。

师父，我决定把她的故事写在我的剧本里，但接下来有个问题，她的名字应该叫什么？算了，我也不问了，就叫 Carrie 吧。

又过了一些日子，她已经入职了那家律师事务所实习。我们又聚了一次，她问：“你最近在写什么？”

我说：“从世俗的意义上看，我写得并不是一段成功的故事。毕竟到今天，这个人既没有腰缠万贯，也没有大红大紫。”

“那你写她干吗？”

“因为有点儿意思。”我说。

“有什么意思？”

“你到底叫啥？”这是我最后一次问她。

“Carrie。”

“我说真名。”

“重要吗？”

“不重要吗？”

“你总得说一下名字吧，哪有认识那么久不说名字的？”我有些不耐烦。

“名字重要吗？”

的确，重要的是人的自传和这一生的旅程。名字只不过是代号。

一段旋律，一段故事

一

在我快三十岁这年，五月天又来到了鸟巢。

他们说，他们唱了二十年，终于回到了鸟巢。

我朝着身边二百多斤的胖子小西说：“你花了四年半，回到了鸟巢。”

他把手搭在我肩膀上，说：“不容易啊。”

我说：“是啊，生活哪有什么容易。”

二

2008年，北京奥运会。那年，刚好是我和小西来到北京读大学的日子；那年，师兄们都在鸟巢和水立方安检站岗，我和小西说："我也想去。"

他说："一定有机会。"

我说："那就这么定了，要来一次！"

他说："定了！"

我是在大四那年，实现了这个梦想。大三那年我决定退学，于是大四时恢复了自由。他不顺，打篮球把腿打断了，留了一级，继续在学校重塑。

我退学后第一年，五月天来到了鸟巢，我买了张看台的票，听着听着，就热泪满面。五月天写了一句歌词："从无名高地到鸟巢的十年，一路汗水泪水。"

这十年，不容易，谁的岁月容易过呢，我也是花了三年多，才来到了鸟巢。

那天，我记得阿信唱了首《突然好想你》，歌迷们拿出手机打开闪光灯，漫天的星星从天而降到了鸟巢，把鸟巢点得好亮。阿信说："如果你想那个人，就给他打电话吧。"一时间，周围的单身狗们一个个都拿出了手机，哭喊着什么"我爱你""我对不起你""我后悔放开了你的手"……听得我毛骨悚然。

我拨通了小西的电话，他不知道在做什么，我打开免提，让旋律从电话里钻进世界的那一头。我一句话也没有，就举着电话，小西显然明白了我的意思，也没有多说话，安静地听着，就好像那些梦曾替我们说过那般。我的眼泪一下子崩塌了出来，我捂着嘴巴直到这首歌结束，挂了电话，我想他也会很感动，更会受到鼓励。一旁的情侣拥抱着，同情地看着我，女孩子拍拍男生，指了指我，男生幸福而微笑地点了点头，像是明白了什么，递过来一张纸，给了我一个坚定的眼神，好像在说：失恋了没关系，加油哦！

我接过纸，挤出一丝微笑，心想：神经。

演唱会的现场人多，手机没有信号，我是在结束的时候，给小西发了条信息："鸟巢欠你一场演唱会，看你什么时候能拿回来。"

他回我的话很简单："龙哥，很快很快！等我毕业了，就都好了。"

三

很快他毕业了，但并没有都好。

我记得他大四毕业那年，发生了两件事：

第一件，他的父亲去世了，癌症，父亲的遗愿，是希望他在部队好好干。这一句话，打消了他所有的梦想，他决定用自己的青春，死扛这世界对他的残忍。

第二件事更残忍，那个时候的军校，要找人才能决定分配去处，每个人在毕业分配前都要找人，他找了很多人，最后在分配前一天，名额被调包。在公布分配名单时，他一屁股坐在了地上。

第二天，他就要背着包，远赴一个偏远的山区，那里天寒地冻，鲜有人烟。

他跟领导请了一天假，说："我能不能晚一天去，我在北京有个好兄弟，我想跟他喝顿酒。"

那天晚上，我们坐在一个路边的大排档，谁也没说太多话，大家就是一杯接着一杯，一瓶接着一瓶，喝完了谁也没哭，就是把手机里五月天的歌儿调到最大声，听着《倔强》和《知足》，我说："明年他们要来开演唱会，你来不来？"

他说："龙哥，我豁出去了也要来啊！"

说完，手机里又响起了那些旋律："我和我最后的倔强，握紧双手绝对不放，下一站是不是天堂……"

年轻时听《倔强》，年老时爱《知足》，虽然充满挫折，但好在，我们因为年轻，所以无畏艰险。

那天我们是4点多结束的，天微微亮，我跟小西说："你要不回去睡会儿？"

他说："不了，早上6点的火车，我在火车上睡。"

说完，他背着一个小包——他全部的行李，说："我会回来的，到时候我们一起听演唱会。"

我望着他一米九几的个儿，消瘦的身材，一转头，鼻子发酸，逼回眼泪，我说："你赶紧滚蛋吧，过些日子我去看你。"

四

日子这玩意儿总是不经过，过着过着，就容易看到绝望。平凡的背后，往往是无奈。

有时候没消息反而是好消息，一接到消息，就令人绝望。

这段日子我们也经常联系着，尤其是那段时间联系得比较频繁，因为下个月，五月天又要来鸟巢了，而我已经有足够的收入可以把票从看台买到内场了。小西这些日子很活跃，动不动就给我打电话，动不动语音也是六十秒。他说："我已经摸清楚这边的套路，这边人平时没事干，整天搞人际关系，一天到晚就是人和人的事情。"他还说，"我已经搞明白怎么请两天假，所以我准备请两天病假直接来北京，看完演唱会再回去，刚好。我牛 × 吧，哈哈哈哈……"

我听得云里雾里，说："好，那我买两张演唱会的票，等你。"

我是在一天上课的时候，忽然接到了小西妈妈给我发的信息，她问我有没有空，通个电话。

接通电话的刹那，我有些头皮发麻，他妈妈告诉我："小西疯了。"

五

我连夜赶到长春市精神病院，小西被护士捆在床上，还在疯狂地摇摆着床架，他个子高力气大，门被踢坏了一个，床被拆掉了俩，连窗户也被他一拳打裂。护士没办法，才给他打了镇定剂，他醒了之后，继续发脾气，却没有那么多力气了。

我知道他已经失去了部分的记忆，医生说他现在很狂躁，脑子里产生了大量的臆想，他说自己是太乙真人，会法术，看到什么都说跟自己有关。

他的妈妈在一旁哭泣，我陪着他妈妈跟医生交流。

他妈妈一边哭一边抱怨着，说："不知道怎么了，忽然就成了这样。"医生让他妈妈冷静，说再这样下去，恐怕要诞生两个精神病了。

我陪她妈妈吃了个简餐，问了问相关情况，显然，阿姨并不知道发生了什么，显然他身边的战友也都不知道发生了什么。

也是，谁会在乎一个一米九小伙儿的精神世界呢，在这里，谁会听到一个年轻人梦想破裂的声音呢？

而我知道，这一切，无非是因为长期的压抑和持久的痛苦，在内心爆发了。他告诉过我，有政策规定必须在那里待够几年才能考研，就算转业不干了，也必须按照当地的政策给予分配，而且领导各种给他介绍女朋友希望留住他，他执意不从。因为他知道，一旦结了婚，一辈子就定在了那里。“当地”成了他的诅咒，他倔强地昂着头，直到脑袋里的神经崩溃了，他依旧昂着头，叫喊着那些疯言疯语。

我终于在第三天见到了他，他的精神状态显然好了一些，也恢复了点滴理智，一开始医生不让我们跟他见面。我说：“我是他最好的朋友。”医生冷冷地说：“犯起病来连他妈都不认识，还能认识你。”

我笑了笑，说：“也是啊，你毕竟也不知道什么叫最好的朋友。”

医生显然病得更重，喊了出来：“你什么意思？”

我被小西妈妈拖走，她不让我多说话。是啊，谁的生活都不容易。

小西拖着沉重的身体，眯着眼睛从病房里走出来，一旁其他病人在玩儿命地喊叫，他走到我身边，拍了我一下，说：“龙哥，来了啊！”

我点点头，接着他说了半天我听不懂的话，他告诉我他是太乙真人。我说：“什么他妈的太乙真人，你他妈就是小西，我兄弟。”他说：“龙哥你不懂我，我现在会法术，我能飞……”

我听了他十多分钟的絮叨，我知道他变了，梦想把他抬起，现实把他摔在地上，把他摔得粉身碎骨，他最终还是崩溃了。

临走前，我拍了拍他的肩膀，同行的耗子从口袋里拿出了一本《圣经》，他从来不知道说什么，只是告诉他上帝会保佑他的。

我什么也没说，忍着眼泪，转身走了。

忽然，他叫住我：

“龙哥，我一定会陪你看演唱会的。”他又说：

“我会跟你一起去鸟巢的，我记得。”接着继续说着一些乱七八糟的话。

这次我没有回头，因为，此时此刻，我正泪如雨下。

六

回到北京，我写了一个关于小西的故事，因为担心他的仕途，所以不敢用真名。我把这个故事收录在《你要么出众，要么出局》里，后来这本书火了，很多人读完给我来信，问我小西还好吗。

直到这些年，还有很多人问我，小西还好吗?

我说：“还好，放心。”

其实真实的答案是，我们已经快两年没有了联系。

自那之后，我和他身边的朋友联系过，知道他康复了，过得很好，想到这儿，我也就放心了。毕竟，每个人都有自己的命运，都有自己的生活。

这一晃，我们这一代人也都快到三十了，许多人也都迈入了上有老下有小的年纪，谁还有时间和精力顾及朋友和兄弟呢，那医生说的那句话，竟潜移默化地让我赞同了。

于是，日子就这么过着，我们一直朝着前方走，谁也没有回过头。我不知道他是不是已经结婚，更不知道他过得如何，我没有管那么多，我只是走在路上，喝着酒，哼着歌，洗着衣服，上着班。

直到有一天，我忽然接到了小西的电话：

“龙哥，我考上北京的研究生了。”

“啥？”

“我一会儿就去找你。”

七

那是一个深夜，我们几个好朋友已经喝得有些醉了。

北京的月亮很圆，几瓶“夺命大乌苏”透过了我们的血液，柔软了我们的灵魂，于是我们的话语开始坚硬了起来。我抬头看着那月光皎洁，星星眨眼，放松了警惕，那天不知道什么原因，大家的声音都很大，我先和 Allen 吵了一架，子南又和小宋在抱怨着什么，生活好像没了希望，大家喝着酒，声音越来越大。

接到这个电话时，我以为是在做梦，我挂掉电话，安静了几秒，跟大家说：“小西回来了。”

所有人都安静了，大家讨论着这哥们儿是不是病又犯了，云云。

当小西出现在我们面前时，大家震惊了，震惊的原因有两个，第一是震惊他到来的速度，第二是震惊他竟然胖成了这样。

他终于把精神病治好了，他说：“每当开始烦躁的时候，我就开始吃东西，吃着吃着，体重就到了将近三百斤。”那几天，《哪吒》刚好上映，我笑着跟小西说：“之前以为你疯了，看了《哪吒》才知道，你这体形的确是太乙真人，就差骑个猪了。”

他也笑了，那一笑，我们隔了两年。

八

他一直很聪明，在单位胖了几年后，他意识到自己不能再这样下去，看着曾经一个个充满斗志的朋友忽然间都安稳下来，那些曾经不可一世的年轻人都在当地结了婚生了娃，他厚积薄发，开始利用病假在宿舍疯狂学习。

他捡起了放下许久的英语，买了专业课和政治题，一年的厚积薄发，竟考过了线，以第八名的成绩，来到北京，读了研究生。

他说："直到落地北京，见到我们，才意识到，自己终于回家了。"

几天后，鸟巢，五月天又来了。这一次，他们连续开三场演唱会，这要挣多少钱?

我不知道从什么时候开始，耳机里的歌曲逐渐没有了五月天，可能是年纪到了，逐渐不愿意再让自己热泪盈眶，更不愿让自己动不动就热血沸腾，如果可以，希望自己的血压和荷尔蒙都在一个正常体面的状态下，好好生活，慢点儿生活，这比什么都重要。

但这一回，我还是没忍住。

我从双井骑车到鸟巢，十二公里的路，我不到一个小时就骑到了。北京这该死的空气，让我的鼻炎又犯了，我眼睛通红，吸溜着鼻子，挤进鸟巢。我坐在位子上，等待着小西的到来。

我听见音乐在响，而他从郊区赶来，更远。

显然，他要迟到了。可是，并不是，我一转头，他已经坐在我身边。

我和他一直在旋律里摇摆着，没有太多的动情，听着旋律一直飘到鸟巢外，飘到天黑，飘到过去，飘到那句词："突然好想你，你会在哪里？"

我站了起来，摇摆着手，我转身看到小西，他抬头看了我一眼，凑到我耳边说："龙哥，不走了，我再也不走了。"

我蹲在地上，用手捂住眼睛，不停地抽泣着。

我说："没事，没事，真的没事，我的鼻炎，又犯了。"

九

我承认我在演唱会的现场泪奔了，这是我两年来第一次哭成了傻子，年纪越大，越怕眼泪流下时被人说成矫情，越怕拿出真心时被人说你这是为了利益，越怕在不认识的人面前，变得脆弱难过。所以开始不停地微笑。因为怕冷场，所以段子越来越多，离心越来越远。

这次，去你的吧，我才不管呢。

谁说到了三十，就不能流泪了，谁说到了中年，就不能有梦想，谁说到了什么年纪，就不能飞驰人生呢。

我想起一句特别火的鸡汤：梦想还是要有的，万一实现了呢？

是啊，万一实现了呢？

“别哭了，我不走了。”他说。

“我鼻炎犯了，真的。”

过去很多事情，都藏在音乐里，一转头，物也不是人也非，只有旋律能藏得住那些悲凉和孤独，它们让人瞬间破防，我就是那个时候破防的。

十

后来，小西成家了，我在他婚礼现场陪他喝了好几杯酒，那之后，我们又奔波在各自的轨道上。

联系得越来越少，却总能想起那些记忆深处的痛苦和童话。

网上有一段话：有些人花了七年，来到了星巴克；有些人，出生的楼下就有星巴克。

我们都花了不同的时间，走进了星巴克，同理，我们都花了一些日子来到了鸟巢，都花了一些时间获得了自由，都花了一些时间获得了成长。只是，有些人有出生的优势，能少走一些路；有些人需要走很久，才能到达那个心中的圣地。

人有两次出生，一次来自母体，还有一次，是开始意识到自己是谁的时候。

既然决定不了第一次出生，至少第二次出生，是可以决定的。

这些年，我一直在被质疑正能量的意义，甚至有人说，这世界只有能量，没有正负。

真的吗？我不同意。那是因为他们从来不知道，这世界有许多人，正在黑暗不堪的世界里，逆风前行，但正是因为那些旋律，那些歌曲，那些话语，那些正能量，让我们忽然明白，再坚持走走，再走走，也许就能看到曙光。

再后来，小西和我都三十岁了，他们看到的，都是绝望，但我在小西身上，听到了那来自远方的旋律，看到了独一无二的光。

那是只有在路上的人，才能懂得的明亮。

这亮，还会伴随我们更远，直到世界尽头。

小　A

一

有人特别爱喝酒，酒能让更多关系混乱，喝多后你可以叫岳父哥，可以叫女生哥，可以叫老婆哥。

要特别清醒地界定关系，是一件很糟心的事情。

尤其是你实在不知道这人称呼什么的时候，你往往会称呼他为朋友，可是，朋友又分三六九等。

因为，我在二十岁的尾巴时发现，人越长大，越难交新朋友。

长大意味着和过去熟悉的事物割裂，意味着和未来陌生的人说你好。

人越长大，越难敞开心扉，越难让新的朋友了解你的过去，越难让自己走入别人的世界。

直到我认识了小 A。

我们原来是同事，只是在不同的城市。

小 A 当年在英语培训圈子里很出名，许多学生为了上他的课，连续报两次他的班，仅仅为了听他英语课上夹着的几个段子。

他的名声很响，许多校区的老师都听说过他。

当年不同校区之间竞争激烈，学生也很聪明，知道哪儿的老师讲得好。

当年，有不少北京的学生，不远万里从北到南，仅仅为了在广州听他一次课。

很快，我的名声也从北京跟着这群学生传播到了南方，他也听说了我。

因为彼此欣赏，我们经常在微博上互动，偶尔转发彼此写得好的内容，偶尔留言鼓励对方。

其实那个时候我根本没见过他，跟他互动多，仅仅是因为他的粉丝多，想蹭个热度。

我当时很爱读书，深知职场第一法则，就是不要跟同事做朋友。跟同事做朋友麻烦多，因为彼此有太多利益纠缠，谁也不把感情和利益放在天平的两端，到最后，伤害的都是感情。

但我们部门主管不懂，以为我跟小 A 是好朋友，害怕我的学生会不远万里跑去听他的课，影响自己业绩。一个下午，主管让秘书找我谈话，说：“李尚龙老师，主管说了，希望你不要跟小 A 玩儿了，毕竟现在两个校区还有这么多矛盾。还有，尤其是不要总在微博跟他留言，更不能转发他的微博，这样容易让你的粉丝关注到他的微博。”

我摸了摸脑袋，说：“那可以让他转发我的微博吗？”

秘书说：“那行。”

可是过了几天，领导正式给我发了信息，说：“尚龙，也别让他转发你的微博了，因为他转发你的微博，能在你的微博上转发那一栏显示他的 ID。尚龙，你最好跟他说一下，让他别转发你的微博。”

我一头雾水，这谁管得了？

但那时我毕竟年轻，二十岁出头，怕领导，于是我立刻回了信息，说：“好的领导。”

说完，我就迷茫了，我也不知道，我该怎么跟这位素未谋面的朋友说这样一些荒谬绝伦的话。

于是那段日子，我没转发他的微博，没评论他的微博，我只是默默地给小 A 老师点赞。

但万万没想到的是，微博在那年改版了。个人的主页面是能显示点赞的，而且还在你主页前两条。

没过几天，领导再次找到我，说：“我再次警告你，你不要再跟他互动了！”

他说完发现也没什么可以威胁我的，于是又说：“你只要答应，我给你涨一级工资，每个小时的课时费多 20 块。”

在金钱的压力下，我辗转反侧，彻夜难眠。

其实，当一个教育公司整天想着这些无聊事情，而不考虑提高教学质量为学生造福，这个公司迟早完蛋。

恰好，第二天我遇到了我的两位搭班老师，他们早就受够了办公室政治，准备辞职，想拉着我一起创业。那时我正在尼泊尔旅游，回国后便递交了辞职信。

我辞职后没几天，小 A 竟然来到了北京。

那天，他给我发了个信息，我依稀记得，是晚上 11 点多。

他说："尚龙老师好，我刚到北京，不知是否有空，咱们喝杯酒，如果太晚，咱们就明天。"

不知怎么，我忽然有些激动，他这么晚到北京，竟第一个给我发了信息。

我回："太好了，我给你个定位，一会儿见。"

他说："不会打扰你吗？"

我说："我的生活，才刚刚开始。"

那是我第一次见到他，他拉了个行李箱，胖乎乎的，眼睛眯成一条线。

那天，我们在一起喝酒，喝得非常高兴，那是我们第一次见面，话语不断，频频举杯，喝得酩酊大醉。

喝到情深处，我跟小 A 说："我已经从公司辞职了，但我要感谢你，让我打破了限制，成就了更好的自己。"我一抬头，看见小 A 眼睛里晶莹剔透，说："我也辞职了。"

我们继续喝着，聊着梦想，我跟小A聊了很多我的打算，我说："我想成为一名伟大的作家，一位知名的导演，我想写出感动时代的故事……"我一边说，一边还忽悠他，说他也可以写作："如果可能，你也可以留在北京啊，北京是文化人的天下，这里都是一些奇怪的人、不合群的人，但也都是一些有才华的人，你来这座城市，这座城市会亮起来的……"

说着说着，我就喝大了。

我不知道自己是怎么回家的，只知道第二天早上起床，已经是中午。

他给我打了个电话，大概的意思很简单：他准备定居在北京了。

二

所有敢定居在北京的人，都是勇士。好在我们住得很近，走路五分钟就到了。

在北京，这种距离很难得。在北京久了，早就习惯了邻居互不认识，同一个小区不说一句话，井水不犯河水这种生活模式。

白天的时候，我们各自在家读书写作，到了晚上，我们经常约在一起喝酒聊天。

我时常说，我们这群人在一起，属于彼此赋能的状态。

聚是一团火，散是满天星。

我们关系一直很好，他喜欢我喝多后的胡言乱语，我见识过他随时都能抖出的语言包袱。

有一次，在朋友的忽悠下，我参加了一档综艺节目，在台上和一个评委发生了争执，他不尊重那位女孩子的表述令我愤愤不平，于是我一边在台上怼他，一边拒绝领奖。

节目播出后，我当作什么也没发生。

结果第二天，一上网，无数条微博在 @ 我，帮我打抱不平。

我才知道，小 A 看完了那期节目，气炸了。

他在网上疯狂写着段子，用故事和语言攻击着节目组和那个嘉宾，引得粉丝哈哈大笑。

一天的厮杀后，看客们都累了，他依旧满腔怒火，而我却充满着感动，因为那时许多人都抱着多一事不如少一事的态度，看着这场网络上的厮杀。只有真朋友，才站出来说两句话。当天晚上，我问他："我跟人发生矛盾，你干吗比我还激动？"

他说："我就是见不得有人这么跟你说话。"

说完，他笑嘻嘻地说："我又想到了个段子，我赶紧发了。"

他一边发，一边笑着，我一边感动，一边喝了一口浓浓的酒，那酒直接沁透了我的心。

他一直跟随自己的心，无论这事儿能不能赚钱，能燃烧自己的心，就好。

三

我一直跟别人说：“小 A 的才华在我之上。”

他以为我在开玩笑，其实没有。

每次我和他一起做活动，但凡他开讲，台下一定是笑声不断，很少有人能接得住他的包袱和段子。

我们都以为是天生的能力，但我每次去他家，看到的是他家里摆放的各种类型的书，而他瘫坐在沙发上，一页页地翻阅着书中的世界，翻累了就对我说：“吃饭吗？我给你叫个外卖吧！”

他平时很温和，只有在我被怼的时候，才忽然像一把尖刀，扎入了混沌的世界里。

有一次我们受邀去山西一所学校演讲，这些年我特别不爱进学校演讲，因为每次进学校前，都能感受到学校里官本位的等级森严。

许多学校的制度化令人窒息，在大学校园里，等级森严，令人不悦。

但在这所学校再三邀请下，我邀请小 A 一起到了太原。

没想到的是，跟我们对接的图书管理员是临时受命，不知道我们来讲什么，甚至不知道为什么请我们来。他看我们年轻，忽然间摆出了领导的姿态，说："你们还太年轻，让我来教你们应该怎么演讲……"

我听得发蒙，不是你们学校请我来演讲的吗？怎么还过来给我上课了呢？我是不是还要付学费啊？

我不太能接受这样的沟通，于是，站起来就走了出去，留下这个管理员自我陶醉。

这件事在我这儿其实就过了，但小 A 没有，他一定要扳回一局。

演讲开始时，小 A 开头，他的第一句话是这样的：

"我小的时候，就知道只要打破人设，就能看到更大的世界。所以，我一直不愿意被身份两个字限制自己的可能。我从小儿就很讨厌这样的称呼，比如学习委员、体育委员，当然……还有图书管理员……"

全场爆笑。

回头看到那位，脸色苍白。我才知道这个管理员长期利用权力在学校欺负学生，习惯性讲官话套话，学生积怨已久，终于有人表达了愤怒。

活动结束后，那位图书管理员走了过来，笑嘻嘻地赔不是，说：“您二位在上课和演讲上才是老师。”

我刚准备接话，小 A 说：“那可不？”

回北京的路上，小 A 又说了一遍：“我就受不了别人这么跟你说话，他谁啊他！训练过吗？读过书吗？”

“图书管理员，应该是读过。”

“只能说他看过，不能说他读过。”他说，“看是视觉上的，读是心里的，不一样。”

四

每个人都是有自己天赋的。

小 A 的天赋，是语言。

我带他见过很多能言善辩的人，见过许多没有底线的人，在他的沟通体系中，都能化险为夷，逢凶化吉。

但他不是万能的，直到有一次。

他被怼了。

那一天我们在上海的一个饭局里，我邀请了小 A 的一位旧友，他们之前有过合作，我一直以为关系不错。

但大家喝了两杯，聊着聊着，就发生了争执。

我没听清因为什么，但两人就是剑拔弩张。

几杯酒过后，我听懂了，旧友开过一门课，小 A 不赞同其中的商业逻辑，认为这种课本质就是骗子。于是，他直接在网上表达了观点：建议大家不要报。

就这样被旧友拉黑。谁知我以为他们之前关系很好，现在关系也行，于是组局直接把他们俩组在了一起。

两人见面，就吵了起来。

但很快，几轮交锋，旧友说不过小 A 了——是啊，谁说得过他呢？

旧友喝了一杯酒，指着小 A 说："我听说，你跟你前女友分手时，还要分手费！你要不要脸啊！"

桌子上的其他朋友一听，激动了："哟，还有这种事儿呢？"看热闹不嫌事大，很快其他几个人也热乎起来了。

小 A 忽然像被什么堵住了，无力地反驳着："我没有！"

旧友得意扬扬："我也是听说啊。"

能言善辩的小 A，在那一晚的后半场，一句话也没说。

那一晚上的饭局，小 A 很安静，像是吃了哑巴亏，我感到他憋了一肚子的话，却一个字也没说过。

五

上海夏天的夜晚，燥热而潮湿，繁华而宁静。

吃完饭，我问小 A："找个酒吧再喝会儿？"

他说："好，就咱俩吧。"

接着，我们去了一家位于三十层的酒吧，从那儿，能看到外滩的繁忙，能看到浦东的全貌，能看到夜幕下的上海，能看到小 A 之前的生活。

小 A 说："我在上海待过一年，就是和我的前女友，就住在那儿。"他指了指不远处的一栋楼。

酒吧的微光，照亮他的脸。

我说："要不要来杯威士忌？"

他说："那就什么也不加，最烈的那种吧。"

在那暗黄色的灯光和白黄色的酒里，我听到了小 A 的故事：

他的前女友是一家创业公司的 CEO，在互联网教育的热潮下，她年纪轻轻，就拉了不少投资。两个人在一个课上相识，互相欣赏，很快，就住在了一起。

第一代创业者最忌讳浮躁，而年轻时谁也没见过太多钱，钱多时，不知道该怎么花，姑娘第一次见到这么多钱，很快失控了，先用投资人的钱在海外买了房，买了车，还买了一堆首饰，浮躁的生活就这么开始了。结果偏偏忘记了，创业的目的，应该是用投资人的钱，给社会创造价值。

和小 A 在一起后，他们租的房子，每个月 10 万块，这些费用，也是小 A 掏。小 A 想得很简单，只要相爱，钱是能赚回来的。

他们一起养了只猫，还购置了很多家具，白天两人上班，晚上回家点根蜡烛吃蛋糕。半年后，资本市场退潮，许多在线教育公司因为经济问题倒闭，这位姑娘的公司在自己经营不善、花钱大手大脚的状态下，也出现了危机。谁也赚不到超乎认知外的钱，这点，我们早就知道。

一天，独自回家的小 A，被一条信息打乱了他的生活："你能不能借我 300 万，我要给员工发工资。"

小 A 赶紧上网一查，傻了，他女朋友这家公司不仅欠了客户的钱，还欠了员工好几个月的工资，投资人找她也找不到。

他问女朋友原因，女朋友不说。他东凑西借，也无能为力。谁能一瞬间拿出这么多钱？

他跟女朋友说："我拿不出这么多，你回来，我们一起想办法好吗？"

女孩子说："你要不给我钱，我就飞北京，那里有人给我钱。"

就这样，女孩子飞到了北京。

小 A 紧随其后，查到她住的那家酒店。

第二天，小 A 看到自己女朋友跟另一个男人进了酒店。

他疯了似的给这个女朋友打电话，女朋友只是淡淡地回复道："我只是跟他进酒店，什么也没做啊。谁叫你不给我钱，我现在缺钱，你能给吗？"

说完，她挂了电话。

一周后，他回到上海，惊奇地发现，那个 10 万一个月的房子空了。

连他们养的猫也被那姑娘带走了。

他呆在原地，还来不及难过，恰巧，一个快递小哥走了上来，看到那个失魂落魄的背影，说："先生您好，刚才有个女士问我，这些书您要的话，就给您留着。"

小 A 看了眼小哥，再看了眼空空的房间说："给我留着吧。"

说完，他打开了一个手提箱，装了几件衣服，那时，上海的天空已经暗了下来。

小哥看出了什么，说："我也是刚分手。"

小 A 说："是嘛。"

小哥说："你接下来去哪儿啊？"

小 A 说："不知道，去机场吧。"

小哥说："那我送你吧。"

就这样，两个人，一辆摩托车，一个箱子，跌跌撞撞到了机场。

他抬头看了眼航班，偌大个世界，没有自己的去处。

他习惯性地买了张去北京的票，拖着箱子，下了飞机，已经是 11 点。

他迷迷糊糊地给一个家伙发了微信，问他："要不要喝酒啊？”

那个家伙说：“太好了，我给你个定位，一会儿见。”

小 A 说：“不会打扰你吧？”

那个家伙说：“我的生活，才刚刚开始。”

六

后来，他的前女友因为挪用投资人的钱和学生家长的学费，被起诉诈骗罪判了十年。而他，因为主动跑了，躲过一难。

谁说不是福气呢。

“喝点儿吗？”他在电话里跟我说。

“有什么庆祝的事情吗？”

“我恋爱了。”他说。

我有几秒钟没有回话。

“喂？”

“哦哦，好，一会儿见。”说完，我就起了身，我期待今夜的酒。

硬汉的眼泪

小时候听到最多的一句话，就是“老子一巴掌呼死你”。

这是一个硬汉最喜欢说的一句话，不仅对儿女说，还对坏人说。

我们回老家看爷爷，一辆车挡着。

他一板砖打来，疯狂转身就走。

他拿着板砖：“老子一巴掌呼死你！”

一

他是个军人，军校毕业，家里没关系没钱，被分配到了新疆。他含着眼泪去，却笑嘻嘻地带着一大家回来。

在那里，他认识了我妈妈，生了我和姐姐。

那时“部队要忍耐”的政策让军官的收入降到冰点，家里两个孩子，父母双军人，于是收支开始不平衡。父亲清廉，从不拿群众一针一线，可孩子还要长大。无奈，只能请奶奶爷爷、姥姥姥爷、三姑六婆隔三岔五来帮忙。

他在新疆军区管财务，因为能干肯吃苦，很快就被提拔，进了机关。机关有一台摄像机没人用，他跟领导请示，拿回来整天拍我和姐姐。

视频里，两个小孩在妈妈的怀里，唱着当时红遍大江南北费翔的歌曲，歌词模糊，音调也跑得不行。

时常我看着录像，两个小孩儿坐木马，姐姐哈哈地笑，弟弟哇哇地哭。

那里，记载着当时最艰苦的岁月，左下角写着日期，从1991 年到 1994 年，那四年，部队工资低。我们家过着清贫的日子，虽然清贫，但我太小，没有记忆。

只记得斑驳的墙上时常会脱皮，整楼此起彼伏装修的声音，其余的全无印象。

幸运的是，那四年，父亲用摄像机帮我们留了下来。

那四年，录像里面装着家里的所有人，就是没有父亲，只有在镜子里偶尔反光能看到一个扛着摄像机的年轻人。

是啊，当时，他还是一头乌黑的秀发。

岁月如梭，也不记得那头白发，是何时开始有的第一根。

二

就在父亲工作越来越顺利时，我们要上小学了。

他走进领导办公室，希望领导能批准自己转单位，领导很诧异。因为他正在事业的上升期，此时换单位，虽是平调，却不得不重新开始。

但他坚定地说："两个孩子的教育要跟上啊。"

1995 年，我们五岁，带着无知和空白，到了武汉，开始上小学。

十几年后，当我们都长大成人，在各自的岗位上创造着辉煌时，依旧会隐约地感谢父亲当年的决定，当然，还有他的牺牲。

三

我没见父亲哭过，从来没有，无论是多么难过的事情，甚至从未见过他抱怨。

世事不顺了，他告诉我们调整心态。

小人得志了，他告诉我们忽略他就好。

人欺负到头顶上了，他咬咬牙顶上去，告诉我们做好自己的事，只剩自己遍体鳞伤。

从小到大，我和姐姐的三观，被父亲的正能量影响着，他教会我不要指责抱怨，教会我永远乐观向上。直到今天，我还能有这样的影响力去影响别人，这些思维的根基，都是早年父亲灌输的。

他喜欢喊口号，写的东西和说的东西都像《新闻联播》《人民日报》，但这是那个环境下成长起来的人，能给我们最好的礼物。

新单位，他郁郁不得志，他不理解为什么那谁的能力没他强，却升得比他快。于是他继续埋头苦干。

他不理解，为什么隔壁那谁又调职了，明明之前宣布的不是他。可他依旧默默地辛劳着。

他懂那些潜规则，但却从来不涉足。从小儿父亲告诉我，可以让人对不起咱们，但自己要问心无愧。

终于，我们中考那年，他收到了部队给他的转业通知。

四

那时，他已经是个不大不小的领导，气场很足，出门有人陪，远行有专车。

忽然的离开，让他不知所措，他以为自己会在这绿色的军营待上一辈子，可忽然的变动，让他不得不重新开始了生活。也就是那段时期，我明白了，这世上没什么所谓的稳定，只有不停奋斗的人，才能有稳定的生活。

这么多年，他让我佩服的，不是他当过多大的官，赚过多少钱。而是，他一直在学习，一直在开拓。

从那时开始，父亲的口号变了，变成了“永远开拓，永远进取”。

令人跌破眼镜的是，他没有在家闲着，拿每个月固定的工资。那时有太多战友在家闲着打游戏看电视，他们说，辛苦了半辈子，接下来就享福呗。相反，父亲竟然去了一家保险公司，从业务员做起。

我很难想象一向高高在上的老干部怎样低头求一个年轻人买东西，很难想象在全部是年轻人的团队里，一个老家伙如何生存。

我没听过他的抱怨指责，所有的痛苦，只是默默地承受。

我只知道，他用了一个月考上了保险经纪人，并高分通过了保险代理人资格证书考试。那一年，他还考了驾照，学会了上网。

许多年后，我依旧会开玩笑说：“这些优点都遗传给我了，没给我姐姐。”

我姐一巴掌打了过来。

其实，无论年纪多大，只要还在进步，就永远年轻，永远青春。

每次回家，这个老头儿都在看书写日记，他告诉我，多跟内心沟通，才能知道自己要什么。

五

高考那年，我们姐俩都算争气。

我考上了军校，姐姐也上了一本线。临去北京前，父亲知道我倔强，告诉我：“无论在那里发生什么，记得，都不要跟任何人起冲突。”

可是，军训开始了。

第一天，我就痛苦得够呛，发信息给父亲说想家了。

父亲说我不够坚强。

几年后，我退学离开。

父亲告诉我，当年他错了。

高考那年，他没有问过我想要什么，只是把他想要的嫁接到了我的头上，用我的青春为他的梦想买单。

说了两句，他又不服气地说：“没有老子还能有你今天？”

很少有家长会支持子女不读完大学，何况还在体制内待了那么久的他。大多数家长，都在弄混自己想要的和孩子想要的东西，他们错误地让孩子用自己的青春去实现他们当年没有完成的梦想。

那段时间，他来了好几次学校，甚至派我姐来游说。

我意志坚定，坚信能凭借自己的双手改变世界，而不是在这里浪费时间。

最终，他问我："你有想过退学以后能做什么吗？"

我没有回复短信，却写了一封很长的信给他，里面写着我的梦想，和我对自由的渴望。

他叹了口气，终于同意了。

我承认父亲的妥协可能伤害了他的心，他再也不能自豪地跟别人说自己的儿子跟自己一样考上了军校，可是，他明白，这样做能让儿子更加茁壮地成长。

确实，他成长了。父母也会成长，是真的。

好在，我没有让他失望。

不久，他能自豪地说自己的儿子出书了，自己的儿子拍电影了。

六

京城米贵，北漂不易。

我一个人再次来到北京时，便下定决心拼出一条属于自己的路。

可交完半年的房租，瞬间腿软了，妈妈的，怎么这么贵。

父亲知道我窘迫，又怕戳破我的面子，给我一张银行卡，走前跟我说："每个月老子给你 3500 元作为你创业启动资金。"

我任性地说："一分不花。"

父亲说："有种你就真的别花。"

后来我挤公交的时候，手机被偷，里面的电话什么都不剩。脑子里能背下来的，只有父亲的电话。

忽然发现，这些年的闯荡之所以敢如此放肆，是因为我坚信，这个硬汉，永远在我的背后支持着我，为我保驾护航。

我拨通了父亲的电话，讲了现在的窘迫。一个人在北京，无依无靠，忽然眼泪噼里啪啦地掉。

父亲竟然在电话那边笑，说："赶紧用老子的银行卡，买一部新手机。"

我怀疑我一定不是亲生的，但那时，我破涕为笑，说："好。"

七

我一天天长大，父亲一天天苍老。

随着我工作开始忙碌起来，回家的次数也越来越少。他跟我打电话总是简单几句，告诉我家里都好，他安全，我安心；我跟他打电话，他总是挂了再给我打来，我安心，他放心。

回想起来，他几乎从未跟我抱怨过工作的难处、痛苦和绝望。其实，这给在外地打拼的我一个最好的后盾。在他的话语里，我总能感到安心和舒适。他在电话那头帮我排忧解难，并永远告诉我，家里是永远的大本营。所有的难题，他都自己解决，自己默默地承受。

他无时无刻不在支持我，不求回报，何况，除了让自己变得更好，我还能给他什么回报呢？

终于，我当了老师，接着当了导演，马上也写了新书。

发布会那天，他叫了许多战友朋友捧场，生怕儿子的场子冷了。他在后面鼓掌欢呼，结束后，他办了一个饭局，花了一万多，只是为我骄傲。

那天我去看姐姐，在路上，姐姐告诉我，父亲回到家，就去书店找我的书，当他发现没有，就去问售货员：“你们有没有《你只是看起来很努力》，我想买，你们为什么不进两本？”

每天在家里，他都在网上看我拍的电影，他说：“这样能让儿子拍的电影的点击率高一些。”

这条路我已经走得太远，虽然他已经无能为力，但现在，他依旧想用绵薄之力，默默地支持保护我。

我在开车，忽然间泪流满面。

八

十一回家，父亲早早地就在机场等候我和姐姐。

妈妈做了一桌子的菜，我忽然意识到，自己已经很久没有回家了。

他没有催我们结婚，没有过分关心工作，只是不停地跟我们炫耀："这个红烧肉是老爸做的，好吃吧？"

妈妈在一边眼红，我们却笑到脸红。

那天，我看到父亲的脸色不对，他表面开心，内心似乎有着什么，晚上，终于露了馅。

我不知道发生了什么，这些年我在外面打拼，他不是说家里一切都好吗。

睡前，我把父亲的门推开一条缝，透过屋里的光线，隐隐地看到他的背影，似乎在写着日记，这些年，他一直保持着写日记的好习惯。惊了，父亲一个人，竟然边写边哭，在默默地流泪。

那天，我才知道奶奶去世的消息。

他一直隐瞒，从未告诉我。

这些年，无论家里发生什么，父亲都一个人压在心里，他总是把最好的拿给我们，告诉我们不用怕，天塌下来，有老子顶着。坏的东西，他却迟迟不愿意告诉我们，怕打扰我们的生活，怕干扰我们的幸福。

那夜，无眠。

第二天，我红着眼睛，强颜欢笑，早早地起来，做了早饭，从门缝里看着还在熟睡的他。

九

有人说母爱伟大。

可父爱何尝不是，他悄悄地送出最好的爱，不让你发现；他在火车站看着你离去的背影微笑，转头就流下眼泪。那些付出，我们除了让他骄傲，还能做一些什么。

“时光时光慢些吧，不要再让你变老了，我愿用我一切，换你岁月长留。”

十

后来，父亲来北京，我和姐姐陪着。

住宾馆时，父亲非要出钱，我们没有抢，只是看着他付。

他来到我家，依旧帮我洗袜子、内裤，边洗边说我不爱干净。我只是赔笑。

一个人出门时，父亲迷路了，一个那么坚强的硬汉，却迷失在北京街头。姐姐找了父亲半天，当父亲看到姐姐，先是开心，然后立刻说，他只是在散步。

姐姐没说话，带着爸爸回家，问爸爸要吃什么。

那个时候姐姐刚怀孕。

走进电梯，爸爸说："把烟掐了。"

那人手欠，推了父亲一下。

我看见父亲斑白的头发。

我想说：我一巴掌呼死你。

但我忍住了，我说："我们下电梯。"然后转头跟那几个黄毛说："你们继续抽。"

放心。我不用担心，有人管你们。

父亲对我笑了笑，我也笑了笑。

没说太多话，却代表着无尽语言。

故事的结局

五华区书林街 59 号，金马碧鸡坊有一家档次很高的宾馆，它的名字叫作“书林别院”。开这家店的老板姓邓，一个“80 后”的姑娘。邓小姐说话声音很低沉，时常点上一根烟。她用两只手指捏着烟，一根下来，仅抽几口，任凭烟点完，她只呆呆地看着远方，不说话。

邓小姐曾有一份稳定的工作，后来厌倦了朝九晚五的生活，便用所有的积蓄开了这家客栈。客栈档次很高，安静复古，门闩是木头的，客栈里没有电视没有电脑，却有书房和茶室。露天的地方，有几张桌子，摆上几瓶酒，既能听到鸟叫，又能感受到春意，加上酒和故事，让人心旷神怡，就这样，我和她认识了。

人们说，一家客栈的装饰就是一个老板的灵魂，我看到的书林别院，是邓小姐的孤独冷傲，又是她的热情好客，总之，是这个有故事女人的世外桃源。

周围的人都知道她是个有故事的人，却没人听过她的故事。

我有一群云南的朋友，他们与这个俗世的规则格格不入，但他们一直笑着，微笑着幸福地生活着。

那天晚上，我们哼着歌，听着民谣，喝着黑啤，在天地之间，我听完了小云的故事，听完了老牧的传奇，也看到了邓小姐的泪水……那个春天，在书林别院，一个旅人的栖息地，一个喧闹的世外桃源，与一群热血青年席地而坐，我喝着酒，听着他们的故事，眼泪不停地流下。

一年前，我的好朋友小南从部队退役，一个人奔去中国和缅甸交界的云南边境小城当志愿者支教，那所“学校”没有教室，没有黑板书桌，只有几个来自四面八方热心的老师，他们用雨衣和塑料袋搭了一间教室，用石头木块组合了课桌，教室里零零散散地坐着八十多名学生，他们大多数六岁到十岁。

此时，缅甸那边战火纷飞，时不时地有流弹从那边飞过来。这八十多名学生，大多是孤儿，他们的父母都是被这些流弹炸死、炸伤的。他们本可以茁壮成长，却因为战争变得无依无靠、无家可归，只能靠着志愿者的爱心获取和未来相关的知识。可是，当危险靠近，许多爱心变成了鲜血，许多热血变成了悲剧。

我的兄弟小南与小云和老牧就是在那个地方认识的。

他们在那个地方，吃野菜，采野蘑菇，白天教孩子认字读书，晚上住在一起侃大山，他们时常听到绵延不绝的枪炮声，当枪炮声越来越近，就不得不从一个地方转移到另一个安全的地方。

几天后，因为粮食短缺，小南和老牧几个人越过一座山采蘑菇时，不小心越过了缅甸的边界。其实，中缅边界没有明显标识，在那个战火纷飞的边境，谁也不知道哪里才是和平的界限。他们翻过大山，只为找到生存下去的粮食。忽然，他们遇到了缅甸军队，想跑已经来不及，上膛的枪口顶在他们头上。

缅甸军方以为他们是偷渡的叛军，于是把他们押进了缅甸监狱。在那个见不到阳光的日子里，他们清汤寡水地数着每一天，他们期待地看着外面，希望有好消息传来，却迟迟没有任何音信。

他们被关在一间小屋里，只能通过一扇小窗看到一丝光亮，有光时是白天，无光时是夜晚。日日夜夜，数不清过了几天。

小南问老牧："你为什么要来这里支教？"

老牧叹了一口气，说："为了去找最自由的自己。"

老牧坐在我面前，杯子里是满满的酒，他喝得满脸通红，边上坐着的是他的老婆。

老牧住在云南的一个小村庄，那里治安差，教育跟不上，他在最年轻的日子里进过两次警察局，每次都是跟人打架，他出手狠，从不考虑后果，每次下手，对方必定倒下。

一次，他看到一群男生正在非礼一个姑娘，他看不下去，从怀里抽出刀冲了过去，一个人和一群人搏斗。那群人不是他的对手，打到最后，都跑了。他打红了眼，竟拿着刀架在了落在最后的那人的脖子上，刀浅浅陷入那人的肉体，血开始流。

老牧告诉我，那一刻，他很想把刀用力划下来，就这么自由地随着心走一次，可是，他停住了，他一脚踢开了那个人，扶起了衣服被撕烂的姑娘，送她回家。

回到家，才发现自己身上全是伤，左边衣服肩膀处已经被血染红，他的老婆哭得稀里哗啦，骂他混蛋，他却冷冰冰地说："别哭了，我又不是死了。"

他和妻子十多岁定亲，在那个小山村里十多岁定亲是一件正常的事情，可是，连自己都还单纯得像个孩子，根本不知道如何承担男人的责任。很快，他有了两个孩子，虽忙碌，却对自己的将来充满着疑惑。

久久的疑惑和莫名的压力，终于让他崩溃了，他决定来这最危险的地方支教，他想：去看看战火连绵的世界，去感受没有任何限制的混乱，他说："或许，这种刺激，才是最自由的。"

老牧讲完这段话，疑惑地问了我一句话，说："尚龙，你读书多，告诉我，什么是自由？”

我说：“我认为的自由，应该是先经济独立，再灵魂自由吧。”

他说：“你觉得你自由吗？”

我点点头，说：“还行，你呢？”

他说：“我一开始以为自由就是无拘无束，后来，我开始明白，真正的自由是相对的，它也伴随着责任和爱。”

他们三个被缅甸军方关押了四十五天，经过多方努力，被释放回国。老牧回国时，老婆带着孩子在村口迎接他。

两人见面，嫂子冲过去边打边哭，嘴里不停地说：“离婚，不过了。”而老牧只是一把抱过她，搂着她说：“我再也不离开了。”

老牧喝完杯中的酒，我问他：“你还会去这么远的地方寻找自由吗？”

他说：“应该不会了。”

我问：“为什么？”

他说：“不想再漂了，想回家了。”

他抓住妻子的手，说：“她在的地方，就是家，有她的地方才有自由。”

我转身看着这个女人，她的眼睛里充满了幸福的泪水，她笑着，仿佛在说：死鬼，咱们好好幸福地生活吧。

此时，夜已深，春天的风吹得人很清醒，在这些故事里，我想：谁也不会被酒精弄醉。我打开手机，放起了赵雷的《南方姑娘》，大家随着音乐哼着歌，邓小姐再一次点燃了烟，老牧搂着妻子闭上眼，小云忽然哭了。我笑着问她："你哭什么？"

她说："我南哥哥也喜欢这首歌。"

小南从缅甸回到云南后，就跟小云在一起了。

小云喜欢撮合别人，支教那些天，她给大家做饭，给大家洗衣服，教孩子语文，除此之外，她总笑嘻嘻的一副没心没肺的样子帮周围的人互相撮合，她不停地撮合小南和另一位老师，每次他们三个人在一起时，小南都嫌弃地看着小云，说："你不要整天神经病好吗？"

小云说："我怎么神经病了！"

小南不好意思地说："我已经有喜欢的人了。"

小云疑惑地说："她有这个姑娘好看吗？"

小南说："我不知道，但她是这个世界上最善良的姑娘。"

小云没读过太多书，除了一般的汉字，也就会汉语拼音了，可她不喜欢循规蹈矩的生活，当她看到这里八十多个孩子无家可归、需要帮助的新闻，就毅然决然地来了。

小云不知道小南在暗示她，她还以为小南在北京已经有了一个订婚的姑娘陪着，于是，小云不再问了。

四十五天后，小南被放出来，小云哭着去接他，小南一把搂住她，说："小云，你愿意当我女朋友吗？"

小云泣不成声，不知道该哭还是笑，眼泪滴到边境干旱的土地上，感动融化了震天的枪炮声，她不停地点头，仿佛一直在等这份来之不易的爱情。

今天是他被关押结束的日子，也是他们爱情开始的时刻。

小云讲到这里，指着锁骨上的文身，跟我说："龙哥，你知道这个文身是什么意思吗？我摇头。"

她说："这是反战标志，我文的时候，是希望这个世界不再有战争，希望世界永远都是和平的。你知道每次别人看到这个文身怎么说吗？说你怎么刻了一个飞机，还有人说，你怎么刻了一个奔驰标志，我真的服了，这是反战标志，你才刻奔驰，你全家都是奔驰。"我说："别难过了，毕竟，不是每个人都像你们一样经历过这么多故事。"

小云翻开手机，昏黄的灯光下，她给我看那时的照片，手机里有那时孩子们的笑脸，有那时孩子们写得歪歪扭扭的日记，还有她和小南的合影。小云边给我看，边嘻嘻哈哈地笑着，她像一个孩子，一直单纯着、幸福着，就像从来没有被这个世界伤害过。

我想：还是小，没有经历过什么事情，才会有这样发自内心的笑。

她喝完了面前的酒，安静地说："龙哥，现在我和小南都分手了，战争还没结束，你说，是不是很造化弄人哦？”

我问：“你想小南吗？”

她说：“想啊，我特别想我南哥哥，不过，有些人这辈子不见比见更有意义，我希望他一切都好，找到自己喜欢的姑娘，幸福就好。”

那天晚上，邓小姐故意把书林别院的灯都关掉，只留下我们这里的灯光，那光亮照到小云的脸上，亮到我清楚地看到两行泪流下来。

邓小姐说：“尚龙，我这家客栈可能过段时间就要被拆了。”

我说：“这么美的客栈，你花了这么多钱和精力去装修，不可惜吗？”

她说：“不可惜啊，因为，她毕竟曾经存在过，曾经壮丽过，没结局比有结局或许更有意义，更永恒。”

我点点头，说：“就像爱情一样。”

小云喝得微醺，说：“对，就像爱情一样。”

小云说没有结果的爱情比有结果的爱情更让人难忘，我是同意的，就好比没有结果的故事比有结果的故事让人难忘。

二十岁那年小云被指腹为婚。那里的农村，如果二十岁没有孩子，是一件很丢人的事情，长辈更不能容忍十六岁还不谈婚论嫁。

于是，正当她花容月貌，对这个世界一无所知时，生活闯进来一个比她大十岁的男人。

那年，小云怀孕了，双胞胎，一个宫外，一个宫内，宫外的必定保不住，只能想办法保住宫内的。

小云知道后，没哭，只是怕。此时，她还没有结婚。

很快，因为两个孩子都逐渐长大，她不得不接受剖宫产手术，我不敢想象二十岁的孩子经历的这一切。那些痛苦，是一般人无法忍受的，更可怕的是，就在这危急的关头，那个男人始终没有出现。

手术在台上进行了三个小时，当地医疗条件差，医生医术不好，三个小时后，两个孩子没有一个保住，而且一番折磨后，小云再也无法生育。

二十多岁，正值花季年龄，本应追求诗和远方，却被生活推到悬崖边。她的父母知道后，用最快的速度跑到病床旁，当他们看到女儿的眼泪，他们不仅没有后悔曾催女儿结婚，反而变本加厉，要求她必须马上结婚，嫁给这个渣男。

压力下，那个男人终于决定和小云结婚，只可惜，小云的脸上，再也看不见笑容。

两人结婚一年，小云提出离婚，在离婚当天，小云笑着跟自己说：从今天起，我要一直乐观地去看每一天。

小云讲到这里，一直在笑，笑得那么甜，笑到让所有人都觉得她只是在讲别人的故事。而我，早已经泪流满面。我把手搭在小云的肩膀上，说："别怕，至少以后有我们，我们不会再让你受欺负了。"

而她只是笑着，给我满上一杯酒，说："龙哥，我以为自己不再相信爱情了，其实我相信，一直都相信，以后也会相信。"

我喝完杯中的酒，想说：你值得更好的。那天夜晚，我感动了很多次，喝了许多酒，缓过来时已是凌晨 4 点多，虽然昨天跑了很多路，也上了好久的课，却无半点儿困意。

"书林别院"里格外安静，我闻到了春天早上的气息，听到了鸟儿伸懒腰一般的鸣叫。

我举起杯中最后的酒，喝完，世界安静了。

谢谢你们告诉我这么多故事，谢谢生活，谢谢你们，活着真好。愿我们都一样，无论世界对我们多残忍，我们都要乐观地活着。

邓小姐点燃了最后一根烟，老牧的老婆靠着他肩膀睡了，小云呆呆地傻乐着看着远方，就像看着自己的未来。邓小姐起身，她的脸上没有表情，依旧那么冰冷，她转身走进房间，手里拿着一把吉他，弹奏起一首慢慢的歌。

她说："这是写给一个人的。"

我问："他是谁？"

她说："不重要，你们先听。"

她弹了很多遍，结束时，已经是天亮，我要乘最早的航班回北京，预定的车已经停在了客栈门口。

我起身，笑着跟每一个人说再见。

我问邓小姐："这次很可惜，没听到你的故事，要不加个微信，你写给我看。"

她说："不加了吧，我期待我们还会再见，再见的那天，我想把我的故事讲给你听，还会有机会吗？"

我没有回答，看了看"书林别院"周围精致的装潢，拥抱了每一个人。

他们送我上车，上车前，我转身，跟邓小姐说："放心吧，我们还会见的。"

邓小姐笑了，那是我整晚第一次看到她笑，笑得很温暖，充满希望那般。

我想：我不一定会听到邓小姐的故事，或许我们再也不会见面，但我会记住这群人，他们用最坚强乐观的心，去面对这世界最残酷的一面。至于邓小姐，就像我说的那句话一样：一些故事，没有结局比有结局更有意义。

后来，我再也没有见到过邓小姐，也没有机会听到她说的故事。这挺像人生的，你不知道什么时候就是终点，你以为还有机会和时间，却不知道，很多故事就此戛然而止。这何尝不是故事的结局呢？

小 云

在大城市四年里，我学会了两件事：怎么爱自己，怎么爱小云。毕业那年，抛起学士帽，学士帽落地的那一刻，我才意识到，我一无所有，可如果想好好爱小云，必须在北京留下。我问小云那疯姑娘：“你要陪我留下来吗？”

小云说：“入了你的手都三年了，不留下来还能飞哪儿去？”

小云家在南方，我家在更南边，在武汉。隔着那么远，却能会聚在这所学校。

我一把搂过小云，说：“那你会一直陪着我吗？”

小云躺在我怀里，说：“不会。”

我问：“为什么？”

她说：“那要看你表现。”

我笑了笑，说：“如果我没钱没车没房呢？”

小云说：“我考虑一下……不过，这些都不重要，只要有你在。因为只要你在，就会把这些都变出来的。”

我点点头，说：“我要用自己的双手，给你创造一个最美的家。”

小云说：“只要你开心就好，其他都不重要，我什么都可以不要。”

那天，我牵着她的手，在学校的操场上一圈圈地走着。学弟学妹们在操场上蹦蹦跳跳，教学楼里熙熙攘攘，天很蓝，蓝得让人想不到未来。我贪婪地在校园里走着，呼吸着校园里的空气，因为下次不知道会是什么时候。

忽然，小云说：“我累了。”

我看了她一眼，说：“要不，我背你吧。”

她说：“怕你累。”

我说：“我不累。”

她刚准备说话，我一把把她扯在怀里，背在背上，像背起了一把吉他。她被我逗得咯咯咯笑了起来。天空越来越蓝，我的眼睛越来越迷茫，第二天，我们就要离开学校，后面的日子会怎样，我也不知道。

到了晚上，小云告诉我：“不用怕，我会一直陪着你的。”

我们在西三环租了一个单间，一个三居室被拆成五间房，我们在其中一间，另外几间的人说什么话我们都能听到。房间里除了一张双人床，就只有一个布做的衣橱和一张桌子，好在我们的行李也不多。我们两个人把衣服揉巴揉巴往衣橱里面塞，空间勉强够。桌子两人共用，说是共用，她在桌子上，我就只能靠着床。第一个冬天，我们的暖气坏了，我搂着她在两床被子里瑟瑟发抖。她问我："我们什么时候能租到有暖气的房子？"

我说："咱们明年房租到期就租。"

小云说："那我要努力赚钱啦！"

我瞪她一眼，说："跟你有什么关系，赚钱是我们男人的事情，从明天开始，我就要加班给你看！"

小云说："赚钱怎么就是你们男人的事情了？"

她躺在我怀里，忽然眼睛红了。我感觉一股温暖湿润流淌在我的手臂上，我知道她哭了。

她说："这两天你一直在加班，每天回来这么晚，晚饭还不吃，都瘦了。"

我拍着她，说："为了暖气而奋斗。"

又说："我要给你一个家。"

她说："可是，有你在就是家啊。"

我咬咬牙说："还不够。"

每天早上，是出租房最热闹的时候，厕所永远有人。一次小云憋不住了，说一定要尿尿。我一顿敲门，说："你快点儿好吗？"门一开，刚准备开骂，从厕所里出来一个彪形大汉，一看便㞞了。

他问我："我拉个屎你敲什么门？"

我小声地说："媳妇憋不住了怎么办。"

他说："你一个大男人，让媳妇住单间的时候就应该想到公用厕所啊！"

这一句话，让我瞬间崩溃，这是说我呢。

可是，我竟然无言以对。我感到前所未有的无助。

小云捂着鼻子，立刻冲进厕所，然后很快出来，看着我和那个彪形大汉四目相对。她赶紧拉了我一把，说："上班去了！要迟到了。"

她一路都安慰我，说："没事，别迟到要紧。"可是，我心里过不去。

那天，我下定决心，一定不让小云再住单间，要给她一个家，我们要住大房子！大房子才是家。

那之后，我加班回来得越来越晚。每次回家，看见小云侧身睡着，只开着一盏灯，地上倒映着她的影子。我换上睡衣，尽量不去打扰她，悄悄地爬上床，才忽然听到她说："回来了？"

她一直没睡着，我转过去抱住她。感受到她的呼吸，暖暖的，能暖化整个冬天。

就这样过了好久，我天天加班，三份工作一起做，终于有了一点儿积蓄，买了一个煮锅，可以煮面，但不能炒菜，因为没有厨房，没有排气扇，炒菜能把自己呛死。于是，每天最幸福的事情，就是两个人躲在房间里煮个面，面被盛起来时，是最幸福的时刻。看到她吃面的样子，我的眼睛里都是希望。

有一次，小云问我："你身为一个武汉人，能不能给我做一碗热干面？"

我想了想，说："好啊。"

于是，我到处去找那种碱面，买了芝麻酱，当天做好，搅拌一下给她吃。她吃了一口，边吃边说："太干了，太咸了，水水水，你想齁死我吗？"

我摸摸脑袋，说："不好意思，第一次做，没毒死你已经不错了。"

她说："要死我也拉你垫背。说着就把面往我嘴里塞。"

我们闹了一会儿，累了，她看着我，我也看着她。她忽然说："你说我们能在这个城市待下去吗？"

我抱住她，说："必须的，有我在呢，哥们儿昨天刚发了加班费，一大笔呢。"

她紧紧地抱住我，说："别那么辛苦，我陪你一起努力。"

我说："那面还吃吗？"

她说："吃你个大头鬼。"

后来，她也开始工作了，找了份文职，工资不高但很充实。一年后，我们真的赚了一点儿钱，搬到了一个一居室，还有暖气；再后来，我们搬到了两居室，慢慢地，我们日子变好了。

可是，这世界总是充满淡淡的忧伤。不久，她的父亲去世了，检查出来的时候，已经是晚期了。她和我是在深夜接到的电话，第二天她就请假飞回老家，我也请了假，陪她火急火燎地赶回家里，她的家，在南方的一个小城市。

我们还是没来得及见她父亲最后一面，她跪在花圈前，先是默默流泪，然后嘴角抽泣，接着泣不成声。我第一次看到她撕心裂肺地哭，哭得眼睛发红，哭得声嘶力竭。我搂着她，不知道为什么，眼泪也往下掉。我从未见过她父亲，为什么会这么哭，可能因为她，我才流泪。

再后来，她让我先回家，她说想陪妈妈待几天。

于是，我一个人回到了北京。北京的夏天好冷，那高楼大厦和满街的车流，都让我格外孤独，那几天我待得很无聊，这是我来北京这么久，唯一一段没有她的日子，忽然，我发现自己的奋斗，全部没有了意义。

她在家待了一个月，我在北京孤独了一个月，这一个月，我的气全泄了，不想加班，不想工作，开始打起游戏，没日没夜地打，甚至学会了喝酒抽烟。

没有她的北京，处处都冰冷。

不过我想，好在她很快就会回来，回来就都正常了。

我们会继续奋斗，我会用双手给她一个更美好的家，她还会吃我给她做的饭。

直到一个月后，她回来，我才发现，都变了。她跟我讲的第一句话是：“对不起，我要回家了。”

我问她：“为什么？”她说：“妈妈只有一个人，需要人照顾，我要回去工作了。”

我没说话，我其实早有预感，只是没想到这预感这么真实。我把头抬起来，怕眼泪滴下来。

她说：“你有可能跟我回去吗？”

我还是没说话，把头抬得更高，然后挤出一丝笑容。

许久，我问：“我们会经常联系吗？”

她也笑着，说：“会的，我会在每个晚上等你，记得每天给我打电话。”

我们笑着，可是脸上全湿了，眼泪唰唰地掉。

我说：“那拉钩，要不然以后再也不给你做热干面了。”

她冲过来，一把抱住了我，说：“反正你做得也不好吃。”

我感觉一股热流，湿了我的衣服。我刚准备嘲笑她，忽然看见，她的肩膀也被我的泪水打湿了。

她先开口：“从今天起，不准看见你哭，你要开开心心的。”

外面还是车水马龙，没人在意两个孤独的灵魂，更没人在乎我这个小人物的喜怒哀乐。

她收拾东西准备离开的那几天，天天哭，我几乎不回家，因为我不愿意看到她从我衣服下抽走她衣服时的痛苦，两层衣服叠加着，然后被拆开，留下一件，带走一件。那抽走的，是我的青春，那分开的衣服，像我们曾经的爱情，像我们曾经的交集。

那天我回到家，家里的东西并不见少，除了她的衣服和化妆品，什么都在。

打开手机，上面有一条她的信息："我回家什么都有，你在北京打拼不容易，能留给你的，都留给你。"

我坐在家里发呆，直到晚上，我感觉饿了，于是走进厨房，才发现那个锅没了。那是我们一起煮面的锅，死小云，你，你拿我锅干吗?

想到这里，我忽然笑了，笑着笑着，眼泪流下来了。

时光最残忍，淡化的东西太多。人啊，一不见面，感情就淡了，感情一淡，就更不想见面了。

分别后，一开始我们联系频繁，三年后，我们就很少联系了。毕竟，她有了她的生活，我有了我的日子。

她二十九岁生日那天，我发了条短信，简单得只有几个字："丫头，生日快乐，又大了一岁。"那时，我们已经半年没联系了。几分钟后，她回我："是啊，奔三啦，又大了一岁，你要乖乖吃晚饭，听到了吗？"

我说："知道了，你也要好好的，新婚快乐。"

忽然，我笑了起来。我知道，那天是她结婚的日子。我看到了她的朋友圈。看到了她穿婚纱的样子，那是我梦里的样子。我又笑了笑。

我笑，是因为她终于走了出来，终于找到了真爱，开始了新生活！

可是，我这眼泪怎么又不争气地流下来了啊，说好不哭的！我一边笑一边哭，我翻着手机里我们的照片，一张一张删除，删到最后一张的时候，我停住了，那一张照片，我们穿着学士服，眼睛里都是希望。

我没参加她的婚礼，但我知道，她一定会很幸福。

后来我才知道，小云从来不喝酒，婚礼那天，她喝得酩酊大醉。朋友告诉我："她喝多了，边哭边说要吃什么热干面，那里又不是什么武汉，吃什么热干面？"

朋友说完笑了。

我陪着一起笑，笑得像个傻子，这次我是真的笑，小云，你看，我没有哭。我答应你的，没有骗你。

晚上，我回到新家，上个月，我刚在北京付了首付，买了一套不大不小的房子，刚好够我住。我打开灯，一个人走进厨房，打开煤气灶，做了两个菜。

当然，还有一碗热干面。一个人吃到深夜，不咸不淡，刚刚好。那一根根面，交缠在一起，我一口咬断了，嚼了起来。这感觉熟悉又陌生，吃完饭，我坐在电脑旁，开始写今天的工作总结，大概1点多，我感到有些累了，躺在床上又睡不着，于是下了楼，开着车胡乱逛逛，没想到回了母校。我停了车，走在操场上，忽然看到一对情侣，他们正在夜跑，我也跟着跑了两步。

我听见，女生说："我跑不动了。"

男生说："要不，我背你跑吧。"

女生说："别了，那多累啊。"

男生说："不就是为了健身吗？"

女生还没反应过来，男生冲过去，一下子把女生放在身上，飞快地跑起来。女孩子咯咯咯地笑，我也加快了步伐，想追上他们。操场上，是两个人的笑，他们的笑，挺暖！

我一弹弓打死你

一

“你在快车道开这么慢，真想弄死你丫的，当心我一弹弓打死你。”

“你怎么能说脏话呢？”这是我想过但没敢说出口的话。

健哥给我的第一印象，就是这样，粗俗野蛮，直截了当，随时想把人用弹弓打死。

我说：“哥，你这简直是‘路霸’啊。”

健哥说：“我是个‘路霸’？这家伙才是个‘路霸’，占着路不并线，我今天非教训他一下，让他记得下次开慢车要走右边。”

于是，健哥这辆改装过的越野吉普车飞快加速，很快就并线再并线顶在了“路霸”的前面。健哥迅速把速度降到三十迈，后面的车立刻踩刹车按喇叭，可健哥却慢慢悠悠地在前面开着。

那人终于向右打了方向盘，并入了慢车道。

健哥呢，一路陪着那个人，和他速度一样，只要他并到左车道，他就挡在他前面降低速度，磨磨叽叽地逼着他走右边，直到那人出了高速。

我问他："你这样有意思吗？"

他说："我们这些玩儿车的，最恨别人马路上不守规矩。我这还算好的，上次有个哥们儿开一商务车乱并线，我们几辆车夹着那个哥们儿走了三十公里，就不让他出高速，后来哥们儿傻了，摇下车窗给我们道歉才让他走。"

我惊呆了，看着他。

健哥继续说："新疆这个地方，有时候无人区多，人不守规矩，就总要有人来维护一下，要不然这地方不就乱了嘛。"

我点点头，也是。

车辆飞驰在伊犁连接各个兵团的高速路上，周围挺荒凉的，偶尔能看到绵羊在路边悠闲地吃着草，远处是荒凉的大山和一望无际的沙漠。高速路上车辆不多，只是到了晚上，偶尔能看到一些司机会车时依旧打着远光灯，对面的车辆疯狂地按着喇叭，对方才关掉远光改成近光。

新疆，这个我出生的地方，这次，我才开始真正地了解这里，倾听这里的故事，听到健哥的传说。

二

健哥出生在伊犁的一个兵团里，那里生活贫穷，小时候，他们记忆最深刻的，就是一个“吃”字。

他们吃过草根，吃过骨头，吃过树皮。

那时的孩子，家里没饭吃，家长就放他们到处跑，有的去偷鸡蛋，有的去偷母鸡。健哥说，那时他的朋友们看着路上跑的猪，都想冲过去吃了它们。

九岁那年，他和几个朋友出去跟人打架，他下手狠，把别家的孩子打伤了，被抓起来关了两周。出来之后，他想架必须打，但不能再被别人抓了，怎么办呢?

于是，他开始练习弹弓。

弹弓的玩法很有意思，一个结实的树杈，加上一根弹性好的皮筋，就能把别人家的母鸡打飞，把别人家孩子的脑袋打破。

这一玩儿，他就玩儿了三十年。

如今，健哥四十岁了，手上已经有了九把弹弓，每一把的用途都不一样。他介绍说：“这一把是用来打野鸡的；这一把是用来打野兔的；这一把我曾经在三十五米外爆头一只猫头鹰，我还发了朋友圈，一年后别人告诉我不能再打了，再打要坐牢啦，我就赶紧删了朋友圈。”

他说得很自豪，就好像他拿着的不是一把把弹弓，而是一堆堆黄金。也是，对他来说，有弹弓的青春岁月，就像是有黄金一样。

后来，健哥的朋友都去当兵了，他不喜欢被束缚，最终没有去当兵。

父亲问他：“你以后想干吗？继续当混混跟人打架？”

他说：“不知道，反正不当兵。”

父亲让他滚出去。

于是，他开始合计，到底什么赚钱。

那几个月，他找了个学车的教练，通过喝酒抽烟跟人把关系搞好，借了别人的车练习，考了驾照，忽然发现自己非常喜欢车。于是，他开始研究车的构造，时常把借来的别人的车偷偷改造一下，再还给别人。后来别人开着开着发现马力怎么加大了，他在一旁笑而不语。

那时，新疆的深山没人去，路况不好，加上有时候人心险恶，盘山道陡峭还时常有落石和泥石流，于是运输公司出高价聘请愿意进深山的司机。

健哥听说能赚钱，就立刻报名进山了。

他开车小心谨慎，很少跟人找碴儿，他说：“无人区里没有法律没有规则，只有人心和道德束缚，人心坏了的，在里面就是野兽，没人惩罚他们，有时候人没了都不知道怎么没的。”

所以全看人心。

有一次他在深山里遇到几个人抢劫，对方五六个人拿着刀让他下车，他想：下车后肯定命都没了。

于是他一脚油门冲了过去，哪知道其中一个竟爬上了车，从卡车后面缓缓地向车头爬来。

当那人从车顶拿着刀逼近驾驶座时，健哥摇下车窗把喝完的空酒瓶猛地砸到那人脑袋上，酒瓶碎了一地，那人从卡车上滚下来，滚到路旁。

健哥本想一脚油门一走了之，后来一想荒郊野岭，路途险恶天气还寒冷，于是他从后视镜看了看其他人是否追了过来，在确定没人后，他停稳卡车，从卡车上跳下来，把这人扶到一边，看那人头破血流，手脚骨折，好在没有生命危险。

健哥看着他，上去一巴掌，嘴里喊着：“还敢抢劫？死㞞算了。”

然后开上卡车，扬长而去。

三

217国道据说是中国最美的道路之一，从独子山一直到库车，每年10月到次年5月大雪封山，几乎没有人前往。“你哥在那里跑了八年。下次有机会，哥哥带你去看看，你在口里（内地）肯定看不到。对了，还能看到天山，美得哟！”

健哥说这话的时候，笑得很开心，脖子上戴着一条重重的金链子，他使劲转动了一下那条黄灿灿的东西，仿佛在炫耀着自己现在的生活。

一次大雪封山，他的车轮陷在雪里拔不出来，山里没人，他点着发动机，靠车里面的暖气维持着生命。那天，他饿得不行，把带着的仅有的一只烧鸡吃了。一天一夜过去，没人来，只听到雪狼在嗥叫。他把车灯点亮到最远。晚上，暴风雪像哭丧似的落在车上。他又饿又冷，又不敢上厕所，因为怕热量流失冻死在车上。

幸运的是，第四天，一辆载满乘客的客车从山上下来，他拼命地呼喊，司机竟然停下来了。他冲上车，发现乘客几乎都是维吾尔族人。他们不会说汉语，健哥也不懂维吾尔语，他用手比画着说自己要吃的，维吾尔族人听懂了，纷纷拿出食物和水给他，有人还递给他烟。

忽然一个维吾尔族小伙儿站起来，看了看陷在雪地里的大卡车，又对车里的人讲了点儿什么。只见更多的乘客站起来，走下了车，他们有人喊着节奏，有人拉有人推，还有人用绳子捆住保险杠使劲拽。就这样，卡车被拉上来了。

健哥说这是他这辈子最感动的一次，也是唯一一次被感动到流泪。

他拿着别人给他的馕，不停地跟车上的人道谢，然后目送他们离开。

他告诉我，后来这条路他又跑了五年，在独库公路上前前后后共跑了八年，也就是这八年，让他从一个穷小子变成了一个富人。

说到这里，他又整理了一下他的大金链子，说："然后就有钱了，结婚了，还有一个小宝贝儿，很幸福。"

跑大巴的后五年，他经常在路上看到一些车陷入了泥巴地、雪地里，看到一些车抛锚、爆胎，他一定会停下来帮这些人渡过难关。

我问他："你停下车，不怕遇到坏人啊？"

"唉，将心比心嘛，哪有那么多坏人，就算有也不怕啊，我一弹弓打死他！"

四

健哥有钱后，自己开了一家运输公司，生活也趋于平静。他白天上班，晚上陪孩子，可他从不给孩子报补习班，虽然补习班是当地必须上的。

他的观点是：补习个屁，这么小补习个啥嘛，现在不玩儿还要等以后老了玩儿啊？！

周末，他时常跟一帮朋友带着家人去深山探险找刺激。他们开着自己改装的越野车，自己开辟道路，有时候车开不动了，就把车停到一边骑马出发。

我问他："不怕出危险吗？"

他说："人这辈子就短短几十年，你们喜欢玩儿游戏追星看电影，我觉得没意思，进深山多刺激，能贴近自然，这样才玩儿得嗨。"

我说："你不怕有狼吗？"

他说："有狼好啊，刚好我一弹弓打昏它捉来玩玩儿。上次我打了一只松鼠给我女儿，她养了三天就养死了，我真服了她。"

他继续说："这次你来得比较仓促，下次等你有空，我带你去北疆，我们花一个星期深度游，肯定比你在家里天天上网难忘，保准让你记一辈子。"

我说："好啊，到时候我一定来。"

我忽然觉得自己像是从乡下来的，什么都不懂，看着边上这位五大三粗的大哥，觉得世界真的可以很大，每个人都可以有各自有趣的活法。

于是我问他："健哥，你会让你的孩子一辈子留在新疆吗？"

他笑着说："前些天我带她去台湾转了转，过些日子我还要带她去国外看看。我会多带她去一些地方看看，当父母的只能做到这样了，剩下的，她想去哪里就去哪里吧，她开心就好。”

这一路的彪悍，只有在此时此刻，我从他眼睛里看到了慈祥，看到了他柔软的一面。

我们到了霍尔果斯口岸，邻近一个停车站，他说：“尚龙，人太多，下车照些相，然后我们就走。”

旅游景点里从来都是人满为患，停车场里车多人挤，我们找了半天，才找到停车位。

下车前，我跟健哥说：“照两张相就回来。”我刚准备下车，忽然看见一辆宝马横着停在了两个车位上，一个负责停车管理的维吾尔族小伙儿正努力表达着自己的不满，司机却没素质地说着脏话，还说：“我已经停完了，大不了给你双份钱。”

维吾尔族小伙儿用蹩脚的汉语说：“你这样给别人带来了不便。”

可宝马车司机依旧我行我素，甚至开始了谩骂，说一些不堪入耳的话，不停地叫嚣着说自己跟当地的哪个领导关系特别好。

我看着那辆宝马，再看看刚进来的几辆车正郁闷地找着停车位，于是摇着头自言自语地说：“这人真是个傻 ×。”

我打开副驾驶的车门，跟后座的朋友说：“这样，咱们拿手机给他拍了，放网上，让他嘚瑟，给丫全捅出来。”

我刚准备开门，健哥拉住了我，说："别惹事儿。"

我无奈地点点头。

他打开天窗，露出一个小缝，然后从副驾驶的杂物箱里摸出一把弹弓和一颗钢珠，瞄准、拉满，然后——发射。只听嘭的一声，宝马车的后窗瞬间被打碎。健哥像个孩子一样，赶紧缩了回来，一气呵成，毫无拖沓，在驾驶座上哈哈哈地笑。

只见刚才发狠的那位抱头大喊："啊！谁开枪了？"然后慌忙钻进车里，打火逃跑，留下两个空的停车位。

我看着健哥，眼睛瞪得大大的，说："你太牛了！"

他笑着说："快去照相吧，一会儿回来。"

回家的路上，我不停地念叨："你太牛了！"

他一直笑而不语，最后只说了一句："这是放在现在，我要遵守法律，要是以前，我一弹弓打死他。"

哈哈，我一定一弹弓打死他！

这一行，我听到了三次这句话，每一次，都是一个故事；每一次，都沉甸甸地透着一个硬汉用最古老的方式对待这个世界的混乱和不公。

不过也好，一个人只要一直单纯着，一直不忘初心，无论他在哪里，眼中总有那片天。

五

临走前，我说：“有些朋友一起来了，要不吃个饭？”

健哥说：“别麻烦了，下次你来，我们去山里吃烤全羊。我最不喜欢一群人在一起吃饭，说话口不对心，假情假意的，没意思。”

我笑了。

他继续说：“我可能有点儿粗俗啊，你们读书人别见怪。”

我笑着说：“哥，愿我到了你这个年纪，还能不忘初心，一直真实地活着。”

他听完笑得很开心，跟我拥抱后说了声“再见”，还约定等我下次再回新疆，一起进山吃肉喝酒。

我点点头，说：“好。”

晚上，我从伊犁回到北京。灯红酒绿的街道，繁花似锦的城市，我虽爱我的城市，可不太喜欢里面的虚伪和不真实。

忽然想起，曾经有人跟我说：人长大后，变得虚伪是常态，微笑着对待讨厌的人，说点儿假话混混日子很正常，因为每个人都是这么活的。

嘁！再让我听到他这么说话，我一定一弹弓打死他。

想到这里，我忽然笑了。

重逢时，都要越来越好

一

我是在手机刷视频时，忽然刷到娜姐的。

她和当年已完全不同，她穿着一身干练的套装讲着自己创业时的故事，讲自己如何从月薪 3000 开始创业，变成一家知识服务公司的 CEO，霸气外露，好不威风。

我想起她上台前给我发的信息："龙哥，上台了，好紧张，怎么办？"

人啊，看到的都是表象，所有的伟大背后都是上台前的颤抖。

我这人有时候不看手机，刚准备回她时，收到了她另一条信息："讲完了，讲得还行。"

我有点儿尴尬，回复说："那就好。"

她说："抽空喝两杯？"

我说："好。"

我的思绪，忽然定格在2015年的最后一天，那时的娜姐还不会喝酒，我们几个朋友一边喝着清酒，一边听着虫鸣，而她就在旁边喝着茶，时不时说："龙哥，我会把你这本书做好的。"

喝着喝着，我们就迎来了2016年的第一天。

二

我和娜姐的缘分来自我2016年的一本书《你所谓的稳定，不过是浪费生命》。

其实出版圈的人都知道，我早年时常犯二、犯轴，常让编辑受不了，我总是深夜给编辑发一篇文章，说："你看我这篇写得好不好。"

而娜姐确实比我还轴，她比我还能熬，总是在我深夜发了信息后的几分钟跟我说："写得不怎么样。"

然后就没有然后。

因为关系好，所以彼此说话总是没有把门的，想到什么张口就说。

但第二天早上，她会在很早的时候给我发条信息："我刚又看了一遍，写得真好啊。"

后来我才知道，她在做我书的时候，刚刚结束了一段长达十年的爱情长跑。她咬着牙断掉了这段感情，孤身一人来到北京，没有资源，没有朋友，于是经常在夜晚失眠似的跑神，第二天早上又精神百倍，重新看这个世界。

我总对她说："你不要总是把爱情的优先级调整到这么高，人生除了爱情，还有一些更美好的东西。"

后来她慢慢懂了，于是对我说，她一定会让那些瞧不起她的人后悔。

我鼓励她："那就先从做好每本书开始吧，千里之行，始于足下。"

她说："龙哥，我会好好把这本书做好的。"

三

娜姐很努力，每做一件事都倾尽全力，像是拿着灵魂在撕扯，拿着生命在坚定。

我第一次去出版社找娜姐，走到前台问："你好，我找一下你们公司的李娜。"

前台抬起头前倾着，说："哪个李娜，我们这儿好多个李娜。"

可以想象，一个人多么没有存在感，才跟人家网球明星同名。

后来为了避免跟前台进行如此无聊的对话，我跟娜姐约在晚上下班时间去公司碰这本书的细节，等他们公司所有的李娜都下班，我们再沟通。

记得有那么一段日子，每天我们几个人就在那个小屋，碰这本书的具体细节，碰完就找个地方喝酒吃饭。娜姐时常跟我们吃完饭后，又回到公司继续工作。

我们做《你所谓的稳定，不过是浪费生命》的封面时，娜姐在深夜跟设计师碰出一只猫，在否定了几十个封面后，她拿着这个封面找领导，领导说："这个猫有什么好看的？"

娜姐却坚持，说："这只猫的感觉特别像龙哥的文字，柔软中有坚定。"

在她的坚持下，这只猫通过了审批，不久，成了年度畅销书，那天后，所有的励志书上都是动物。整个出版界，差点儿成了动物世界。领导拿着这本书，说："这只猫真好看啊。"

后来我们做《你要么出众，要么出局》时，娜姐又逼疯了好几个设计师，随着我们的配合越来越默契，这本书也成了年度畅销书。那一年，所有的励志书上都是这样奇形怪状的车，都变成了红色字体加上白色封面。

再后来我一去出版社，前台小姐姐就微笑着说："找李娜来的吧。"

我开玩笑，说："哪个李娜？"

四

这个世界往往只有偏执狂才能获得成功，娜姐就是这样。逐渐，她从一个来自小山村的姑娘，一点点成了行内有头有脸的编辑，通过自己努力买了房，生活也在改变着，一切都在变好。

其实，在这个圈子里，很少有编辑和作者能成为好朋友，因为在合作的过程中一定会有矛盾，这矛盾要么是谁忍耐谁，要么是谁嫌弃谁，要么最后谁也不联系谁。

好在，这些年我们关系一直很好，每周都会找个理由喝两杯。

但好景不长，直到 2017 年的柳州签售。

我在柳州的一所高中做签售，一位同学站起来提问时，全校同学爆发出令人刺耳的笑声。于是我拒绝了签售，当天晚上连续发了几条微博，和这个学校的学生吵了起来。

事情开始变得越来越复杂，当地的书店害怕事情闹大，就告诉出版社：如果李尚龙老师继续在网上说这件事，我们就不结尾款。

出版社跟我沟通无果，被我骂了回去。无奈中，他们不知道从哪儿听到李尚龙这个人重感情只听朋友的话，于是派娜姐从北京空降到柳州。他们知道，只有娜姐能说服我。

那天，我们在一个酒吧，我一肚子气，知道她要来说服我，但我不知道应该跟她说什么。

在我们喝了几杯酒后，娜姐鼓足勇气开始劝我，说："龙哥，你微信公众号里的那篇文章删除了吧。"

我继续喝着酒，想着那天晚上这所学校爆发的笑声，说不出话。

她继续说："龙哥，我这次确实带着任务来的，就是来劝你删掉那篇文章。"

她看我不说话，有些着急："龙哥，你别管了好吗？我听说昨天晚上有人敲你的门，还有人在微博私信里威胁你，你要不明天就飞回去吧，这件事别管了好吗？"

我喝完杯中的酒，又打开了一瓶红的，喝着喝着眼睛就红了，我说："娜姐，我们最终都会成为自己讨厌的人……"

于是，我给小编打电话，我说："五分钟后，如果我没有给你发信息，你就把那篇文章删了吧。"

我把手机放在桌子上，跟娜姐说："娜姐，我们有五分钟去决定，我们要成为一个好人，还是要成为一个对的人。如果我们是好人，我们就当作这件事情不存在；如果我们是对的人，我们就帮助这个孩子，让校方给个说法。"

时间一分一秒过去，娜姐拿起红酒瓶，对着嘴，一口气喝完了。

她满脸通红，咬着牙跟我说："龙哥，你爱干吗就干吗吧，我知道你是对的……这事儿，我不管了，大不了被开除。"

我笑了笑，打给了小编，说："别删，跟他们干。"

小编说："龙哥，五分钟已经过了，我已经删了……"

那天，我们又喝了很多，虽然我知道一大早我要离开这个地方回北京，但借着酒劲儿，我还是跟娜姐说："娜姐，你还记得你小时候的事情吗？"

她把脸一捂，眼睛红了。

五

娜姐小的时候双腿都有问题，不能走路，做了好几次手术，才逐渐可以拄着拐走路。

可是，那村里学校的孩子教育水平糟糕，他们一边嘲笑她，一边欺负她，她想追过去打，却跑不起来，由着他们一边跑一边哈哈大笑。

直到有一天，几个坏孩子把她的拐挂在树上，让她自己来拿，看着她一瘸一拐的样子，爆发出刺耳的笑声，娜姐气不过，一个人从学校靠双手爬回了家。

回到家时，她浑身都是血。

那天晚上，我跟娜姐说："你说，如果那个时候有一个人站出来，说，住手，你这件事是不对的。娜姐，你是不是就站了起来。现在，你来到了大城市，成了有头有脸的编辑，站了起来，那个孩子却站不起来了。"

我记得那天晚上，她没再说什么话，就一直摇着头。

回到北京后，我闭关开始写《刺》，我们联系得越来越少了。

我终结了和娜姐的合作，把后面的几本书都拿到了其他公司出，以示我对这件事情的愤怒和不满。

就这样，我们分道扬镳，她继续服务她的新作者，我继续写我的新作品。一晃，一年多，谁也没联系过谁。

一年多很快，时间如白驹过隙，忽然而已。

直到有一天，她给我发了条信息："龙哥，我辞职了，咱们喝两杯吧。"

六

其实这些年，虽联系得少，但我们还是很好的朋友，知道她辞职朝前走了，我心里有些为她高兴。

她开了自己的公司，叫"甲子年文化传媒有限公司"，专注于知识传递和服务。他们已经开了很多课，有些是关于高考的，有些是关于销售的……感觉她一直在忙，却不知道在忙啥。

但无论如何，人只要在往前走，就值得祝福。

我这些年一直很不喜欢知识付费的领域，不是因为知识不应该付费，而是因为这个行业的骗子太多，没有真才实学的人不少，索性什么也不干，专心写作。但娜姐既然决定进入，我只能祝福，也没有再合作。

江湖就是如此，有缘大家把酒相聚，无缘大家各自努力。

后来有段时间，我们在工作上谁也没有打扰谁，都在各自的轨道上努力着。

有空就一起吃个饭喝点儿酒，提醒她这个行业不好做，一定要小心骗子；没空就自己忙自己的事情，提醒自己勿忘初心，一定不要荒废技能。

直到一天晚上的聚会，酒过三巡、菜过五味，娜姐的表情凝重，甚至有些绝望，她一直在喝酒，什么也没说。

我是在快结束的时候才敢问她出了什么事。

她有些犹豫，许久，她终于说："公司快完蛋了。"

饭局里的气氛忽然冷了起来。大家谁也没有再说话。

我理解创业，创业就是九死一生。许多公司，愿望都不是百年老店，而是希望明天别死。

娜姐说："这个行业的确不好做，水深，刚入行，许多事情不知道，这一年烧了很多钱，却一直没有起色。”

我说：“你为什么不早说。”

她扒拉着饭，耷拉着脸，说：“知道你们都忙。”

我说：“那我们能做点儿什么呢？”

娜姐有些尴尬，说她不知道怎么跟我开口，不知道应该怎么说。

我说：“你就直说吧，都是朋友。”

她说：“龙哥，你出山吧，你开一门课，就当帮帮我，这门课就叫‘李尚龙的故事写作课’。”

她继续说：“第一是为了我们公司，第二你也应该出山了。”

接着，她说了句耳熟能详的话：“龙哥，我会把这个课做好的。”

七

我答应娜姐出来讲课了，这门课，叫“故事写作课”，我在家做好了课件和上课的讲义稿，像往常一样：查资料，总结知识点，写 PPT，总结语言……这是我上课的惯例，从未变过。

几个月的时间，每天我都在备课。对我来说，比这个更高兴的是相别几年，我和娜姐又相遇了。

分别是为了更好的相遇，重逢是为了见证曾经的成长。

青春总是如此，有些人离开了，有些人还在身旁，有些人走了，有些人想起来只剩泪光。

这该死的岁月里，我们或许会忘记一些人，相别一些人，但总有些人，是散着散着忽然重逢了。

这些人，着实令人难忘。

重　生

编辑约我在路边，说再不交稿，就要住在我家了。

我感到头皮发麻，刺挠得狠，像头发要掉落头皮屑。

讲真的，我是故意拖延的，如果是上一个编辑，我的策略就奏效了，谁能想到，她在我刚刚想明白这个故事梗概时，就离职了。她说："做编辑赚不到钱，还不如去做房地产，于是回到老家，做了房地产销售。"

在她跟我约稿的时候，我就问了她的诉求，她说她想赚钱，去他妈的文学和理想！好一个坦白的姑娘，我喜欢。我想了很久，才想明白这个故事怎么又叫好又卖座，这是两个男人的故事，他们穿越回清朝，然后相识相知，又穿越，又甜，又耽美……唉，我实在不能想象，一个那么好看的姑娘要去做房地产，不过我后来也明白了，那样好看的姑娘，必须做房地产。我看了看面前的大姐，突然明白了，这长相，只能做编辑。我正这么想着，大姐看着我，说："你今儿想不出来，就别再喝了。”

说完，大姐拿走了我桌子上的酒，像是拿走了我的命。

“你让我喝最后一口。”我小声地说。

“小玉说了，拿走你的酒和住在你家是催你稿最好的方式。”大姐谄媚地笑了一下，远远不像她这个年纪和颜值该有的笑，这一笑让我后背发凉。如果我能带着滤镜就好了，只有重度滤镜才能让这微笑和这长相合理。

“说吧，啥时候交稿？”她继续逼问着。

“小玉去哪儿了啊？”我问。

“赚钱去了。”她说。

我看了看马路，周围一群喝多了的大老爷们儿，唱着歌、放肆地笑，还有些扯着嗓子在喊着：“你大爷的。”我抬头看了眼高耸入云的大楼，突然心头一紧，脱口而出：“你说，人活着就为了赚钱吗？”

大姐有些惊讶，看着我说：“那你活着为了什么？”

“我也不知道，但总要为了点儿什么吧？”我说。

她把手里的酒推到我面前，有些不耐烦：“我告诉你为了什么，为了交稿。你喝完这杯赶紧回家，我看着你写。”

我拿过扎啤，喝了一口，天旋地转，像极了我的青春。一晃，我也三十好几了，还是孤独一人。所以，我这些年在追求什么？我越想越不明白，也突然明白了小玉的追求是对的，房地产行业确实是朝阳行业，毕竟混到今天，我一套房子都买不起。她去了一个不用仰望我的行业，那才是未来。

我刚准备一饮而尽，大姐一把抢了过去，泼到地上，她有些焦躁：“你到底能不能写，不能写咱们直接说，别浪费大家时间。”她说：“我还不如回去陪孩子。”

她一说、一泼，我倒紧张了，又脱口而出：“你有孩子啊？”

“废话，要不是小玉告诉我只有这么跟你说话你才能交稿，我能在这儿跟你浪费时间？”她说。

“哦，对不起。”我说。

“你拖了我多久了？我陪你在这儿喝酒都喝了五六回了，你一个字也没交，大家时间都很贵，你到底想干什么？”她说。

“我刚突然想起一个故事……那个大哥的时间也很贵，不，曾经很贵。”我说完之后，决定推翻那个耽美又穿越的故事。

“我不听大哥的故事。”她说，“不是女性向的卖不动。”

“这故事挺好，你要听吗？”我说。

“这故事能卖吗？”大姐更着急了。

“我讲给你听。”我说。

“能卖吗？”她说。

“你听完，能再给我来一杯扎啤吗？谢谢。”我说。

一

我讲的这个故事不远，但像是经历了一个世纪。那是一个大哥，光头，像一个和尚，走进教室的时候，穿着邋遢，白色衬衫脏得不行，他目光呆滞，声音很低，没有自信。

他花光了家里所有的钱，女朋友也跟他分手了。我听督导说，这是他最后一次考研，他说，考不上就准备自杀。

我听完这句话就慌了，这哪是一个快三十岁人的心智，不过，我要是三十也这样一事无成还有那么重的执念，会不会也想赶紧了结自己。本来这位大哥的事儿跟我一毛钱关系都没有，但谁能想到，他刚满三十岁，却遇到了刚当老师的我。

“你还当过老师呢？”大姐打断了我的故事。

我瞪了她一眼：“我不能当老师吗？”

说完，继续了我的故事。

那年我为了谋生当上了英语老师，教考研，我觉得那是一个好多人都想考研的时代，有钱人家的孩子毕业后出国留学，没钱的孩子决定在国内镀金。那也是一个人人都想创业的时代，那些想做点儿什么的人觉得考公务员特别没劲，于是，那些自以为是的家伙决定去大厂找工作，当受挫后，他们意识到原来小厂也可以，到最后一次次受挫，他们终于决定，算了，还是考研吧，晚几年找工作就意味着晚几年被拒绝。说不定考上研究生，可以找到更好的工作。

我就是在这样的浪潮下，决定当考研英语老师的。因为，教考研英语能赚钱，因为能赚钱，所以我什么都可以。

“那你的英语什么时候学的？我都不知道你英语可以这么好。”大姐说。

“这个不重要。”我说。

那是我第一次在一对一的课堂上见到一个这么奇怪的人。

“老师好。”他头也不抬。

“单词背了吗？”我有些胆怯地问。

“背了。”他说。

“真题做了吗？”我问。

他有点儿不好意思，点点头。

我的信心被点燃了些，一般这种表情，都是没怎么做真题的，而我的真题已经在上课前做到滚瓜烂熟，每一道题、每一个单词、每一句话我都了熟于心，我点了点头说：“来吧，坐，我们翻开第151页。”

他坐了下来，还没拿出讲义，就脱口而出：“2002年的阅读吧，第三篇还是第四篇？”

“之前做过？”我问。

“老师，我考了八年北大。”他抬起了头，我从他的眼镜里看到他无神的眼睛，像是刚刚睡醒，又像是昨夜未眠一样。

“八年？”我问。

“八年。”他说。

他考了八年北大，他的时间可真不值钱。

这短短两个字，我的后背开始冒汗，我刚准备说话，他说：“老师，这是我最后一年了，你们这里老师的课我都上过。他们让我选老师，我说有没有新老师，他们说您刚来，我就选择了您。希望有机会能碰撞出火花。”说完，他就翻开了讲义。

我深吸一口气，感觉刚吃完的饭在胃中翻涌。我努力咽了下去，说：“好吧，叫王玉是吧，那咱们开始。”

我翻开讲义，看着一行行密密麻麻的英语，说：“这篇文章是比较难的，你之前虽然都做过，但可能还是有一些难点不太理解，我们全文翻译一下吧。”

我刚准备翻译，王玉讲上了，他一口气没松，把这一篇阅读的原文从头开始翻译：“如果你想让幽默在你的谈话里逗笑别人，你一定要知道如何分享经验和问题。你的幽默必须和观众有关，并且展现你是他们的一分子……”

他越讲越嗨，翻译完文章开始翻译题干，然后翻译选项，一边翻译还一遍说：“这一题选 A，我之前选择了 C 是因为我没看懂这个句式是一个倒装……”

我听着他讲着，一脸蒙，直到他把这篇文章讲完，每一道题说完，看着我问：“老师，我是不是理解有问题啊？”

我愣住了：“那……其他几个选项你知道为什么错吗？”

“哦，对不起，我不确定我知不知道，第一题的 B 错在……”他继续滔滔不绝，我感觉耳朵嗡嗡作响，想让这时间过得慢一些，可是他越说越快。他讲完之后，问我：“这是前几个老师跟我讲的，对不起，我综合了一下，因为他们讲的好多也是矛盾的。您觉得呢？”

“我觉得……没问题，那看下一篇。”我说。

“好的，我不知道我说得对不对，老师，对不起，这一篇讲的是……”他接过了课堂。我像是一个主持人，在顺着流程，让他发挥自己的光芒。一节课里，我的话并不多，两个小时很快就过去了，他一篇篇翻译着，还一遍遍说着“对不起”。我甚至觉得这“对不起”应该是我说的，毕竟一节课这么贵。哦对了，说到时间贵，我也很贵，我曾经一个小时要别人 1500 块。

两个小时过得飞快，我背后的汗一点点被体温烘干，他感觉自己前所未有的兴奋。

他的语速越来越快，“对不起”的次数也越来越少。

直到他讲完两个小时，第二个学生在门口敲门，他才意识到自己到了时间，又不停地“对不起”了起来。

我示意让另一个学生等我一下，喊了句："时间后面给你补。"又转向了他说："没事，你可以继续。"

"对不起，老师，我觉得您今天讲得特别好。"他说。

我的脸红了，心想：我啥也没讲啊。但我突然浮想联翩，于是问："上次是因为什么原因落榜啊？"

他说："政治和英语都差了五分。"

"专业课呢？"我问。

他点点头。

我说："基础没问题，为什么过不了？"

他又摇了摇头，我有些不解，我猜，可能是因为压力大。每一年都有很多基础很好的人，在考场突然因为压力巨大发挥失常，最后落榜，这样的压力随着二战三战越来越大。

他说："老师，不打扰了，我先走了。期待下次跟您学习。"说完收拾起自己的讲义，装进包里，站起身走到门口，我抬头看了眼表，又看了看他的光头，问："你为什么不当老师？你对真题掌握这么熟练。"

他愣在了门口，说："对不起，老师，我是学生。"

我说："你对真题的掌握已经炉火纯青了，口才也不错，当考研老师一个月也不少挣，你怎么想的？"

他想了想，又摇了摇头，说："我是学生。"

又说："我要考北大。"

说完转身走了。

二

“这故事编得太假了吧，谁三十岁就会脱发？”大姐说。

“还有二十多岁脱发的呢。”我说。

她说：“你继续吧。”

我说：“能再加两串肉吗？”

说实话，我还是挺怀念那个时代的，那时考研的学生很多，我们在台上讲课，几百人的大班，一个小时我们能赚好几百块，如果课上得好，学生能在私下点名上你的一对一，虽然大头都归公司，但你总能遇到一些有趣的人。

说到时间贵，一对一的时候，他们一个小时要交1500，谁叫他们喜欢你，而你一小时只能赚140，谁叫你给别人打工。

那段日子，我每天都在上课，周末上大课，一个班几百人，平时上小课，一个班一个学生。他们天真地以为，交了很高的钱就能考上研，却不知，能不能考过，除了努力，还有玄学。就比如我一直看好的一个女生，考试当天大姨妈，疼得死去活来，最后在考场中昏了过去；再比如我一直很心疼的一个学生，政治考了 -1 分，因为他的卷子在运输的时候，丢了；还有那个我一直都看不上的学生，准确来说，是我的学弟，天天放我鸽子不来上课，最后英语考了 34 分，过了……

要我说，这世界所有的考试，都是玄学。人世间无非六个字：尽人事，听天命。人事很重要，可是天命不可违，但后来慢慢明白，天命很多时候都是从内到外的演化，比如你是不是在考场突然紧张了，比如你是不是执念缠了身……人越大越容易信命，越来越知道自己不能嘚瑟，就好比上次聚会，一个总是嘚瑟自己从来不感冒的老师，病了，高烧一周不退。

我很讨厌那个老师，不仅是因为我们是同行都教英语，我们还都教考研阅读，关键是我们两个的方法还不一样，他总是在课堂上数落我，说我是民间医术，是巫术是二把刀，我有口莫辩，因为我总觉得他说的是对的。但是，也不能在学生面前说我啊，搞得后来我的班都没人来上了，他的班人山人海，还有学生在微博上批评我的教学方法，那不都是你为了多挣点儿钱吗？不过后来我也发现了，背后嚼舌根的人必会有恶报。你看，就在考试前几个月，在大家教学任务、班级课程越来越多时，他发高烧，上不了课了，我莫名感到高兴。

主管把他的课都交给了我，这一下，我的收入要翻番。于是我夜以继日地上课、赚钱，但就是这样，我还是上不完，因为课太多，主管问我，有没有合适的人可以帮我顶一下。就在这时，我的脑子里一片明亮，我想起了这个人。

于是第二天，我给他上课时候提到了这件事，我还说：“其实当老师挺好，你刚好可以温故知新，把你知道的讲给大家听。”

他若有所思，还是点了点头。

我找主管要了 1000 块的劳务费，说是让他先上一节课试试。于是，在焦灼的备考前，他上台了，面对几百人的教室，他拿出教材，坐在讲台后，开始翻译 2012 年的阅读文章，有同学让他慢点儿，他就慢点儿，同学们笔一停下来，他看了眼又继续加快了速度。同学们的笔唰唰不停，他的嘴巴也没有停下来。两个半小时之后，他还总结了一套技巧，分享给了学生，下课的时候，学生们竟然起立鼓掌。

那天晚上，我请他吃饭，说：“听后台的同事说，学生特别喜欢你。”

他说：“我也是自己复习一下，唉，感觉自己没讲好。”

“你讲得特别好，后面还有几个班，你想不想上？”我问。

“我不是这块儿料。”他说。

我从口袋里拿出一个信封，里面装着 500 块劳务费，说：“你有天赋。”

他接过信封，用手摸了摸，放进口袋，然后问：“后面几个班都有费用吗？”

我笑了笑说：“当然。”

我想，就是那个时候，他忽然意识到，自己可以当老师了，也许是那个信封改变了他的命运，也许是我的鼓励，谁知道呢？我也慢慢明白，一个考了八年研究生的同学，最适合的不是考上哪所学校，而是成为其他考生的老师。

就这样，我再也不给他上课了。我后面几次见到他，都不是在教室，而是在教师休息室。他从一开始不敢看我，变得跟我称兄道弟，从叫我“老师”，到“朝钱老师”，再到“朝钱”，最后叫“朝钱弟”。我再也没听他说过“对不起”，他的眼睛里充满着光。

在最后几个月里，他越讲越好，学生喜欢他的课，还联名写信，希望他来讲最后的冲刺班。我也是过了很久才知道，他不仅讲课越来越好，他在结课的时候还跟学生唱了一首歌，是张学友的《最后的告别》，很多女学生突然感动不已，闹着让他教接下来的课，说他上哪个课，她们报哪个。

他说：“那要看领导怎么说。”

就这样，一个班的女学生联名写信给领导，要求他继续上最后的冲刺班，我的领导把我叫了过去，问他的情况，我说完后，领导批准了他的课。而这时，离考研还剩最后两周。那两周我十分疲倦，一是因为每一个学生都很焦躁，二是因为我每一天都很忙，从早到晚地上课。终于闲下来的一天早上，我给他打电话，电话那边，他还在像个疯子一样把最新一年的真题一字不差地背诵下来。

接到我的电话他有些惊讶，我正滔滔不绝地提出我的需求时，他突然很冷静地问我："对不起，老师，您觉得我这次能考上北大吗？"

我已经适应他叫我"朝钱弟"了，这一句把我弄得脑袋发蒙。

"我觉得问题不大……"我说。

"这是我最后一次了。"他说。

"对了，上次你上课的时候，有没有什么不一样的感觉？"我问。

"我很紧张，我怕考不好。"他说。

"我的意思是，王玉，你喜欢这种上课的感觉吗？"我问。

他终于被我拉了回来："我感觉自己自信了一些。"

"那你还想不想来上课？"我问，"还是有课时的。"

电话那边沉默着，我刚准备说点儿啥，他马上接了一句："不了，我马上要考研了，这是我的梦想。"

他说得很坚定，像是杀敌前战场上放的行进曲，震耳欲聋，不容反驳。

那天我记得，他说完这句话，突然降温了，下了场大雪，一出门，白皑皑的一片映入眼帘。

三

每年考研的前两天，都有好多学生给我发信息，还有给我打电话的，有些是问问题，但是大多数人只是找一些心理安慰，有些甚至连问题都不问，让我保佑他们一战成硕，还让我说出来："你肯定能过。"其实他们自己也知道，这个时候打电话请教任何问题都为时已晚，除非押到题，要不然都是临时抱佛脚，不过他们倒也有趣，有人直接就说："我们就是来沾沾福气。"

王玉考试前也接到不少电话，这是他这八年来没体验过的，他开始明白，大家都紧张，没有人例外，许多学生知道他并不是全职的老师，反而增添了亲切感，觉得他和他们一样，学生们给他发信息："老师加油，我们也加油"。

老师你能不能给我回一个："逢考必过。"

老师我觉得考前跟您发个信息肯定可以过……

还有同学说："我觉得您像一个脱离世俗的扫地僧，以后就叫你'王大师'吧，等我过了我来还愿。"

他哭笑不得。

一年后，他把这个故事讲给学生听，"王大师"三个字传遍了整个考研界。

其中有一个女孩子，叫方音，在考试前几天因为焦虑给他打了几个小时电话，他们很聊得来，是因为她也考北大法学，本来抱着请教王玉的心态，却听他讲着讲着心态崩了。她心想：这家伙什么都知道，我怎么可能比得过他？她一哭，王玉瞬间就心疼了，于是问她在哪儿。两个人在考试的最后几天都在咖啡厅里交流，说是交流，其实在一起抵抗着时光和考试双重的压力。

据我这么些年的观察，研友是最容易产生感情的：他们有着相同目标，遭受着同样的压力，还能彼此鼓励，这样的感情也很容易升温。

果然，没几天，两人就有了感情，考试前还达成共识：如果两人都考上了，就在一起，在北大谈一场恋爱。

我在考试最后几天里，还是打给了王玉，告诉他我们需要你来当老师，还说我们可以开出很高的工资。

这回他在电话那头很果断地回复我，说："不了，谢谢。"

一个人在盯着目标的时候，是幸福的，同时也是悲催的，因为他看不到更全的风景，从而容易一叶障目，至少我是这么认为的，这么好的机会，他怎么忍心拒绝。不过，每个人都有少年时代，少年时代的自己为了梦想可以付出一切，直到头发开始脱落，熬不动夜，身体开始变差时，才发现青春没了，梦想还在远方。

王玉在考试前一天接到一通电话，父亲因为癌症住院，需要一大笔钱。这个消息一来，他慌了，因为他根本没有钱，更别说这么一大笔。可是，他不能分心，八年了，这是他最后的机会。他一夜未眠，看着外面的车水马龙，星光点点，蹲在地上，手足无措，直到天亮了才起来。

“你真的可以考虑一下朝钱老师的建议。”方音说，“他们培训班的老师一年真的不少挣钱。”

“能赚多少？”他说。

“听说不少。”方音说。

“那我的梦想还有机会实现吗？”他问。

方音起了床，在后面抱了抱他：“走，咱们去把梦想实现了。”

广播里传来声音：

2012 年，全国硕士研究生统一考试于 2012 年 1 月 7 日和 8 日进行，全国报考人数 165 万人，比去年增长 6.9%，创历史新高，而录取人数约 50 万……

他们检查自己的证件，来到校门口，两人拥抱在一起说加油，然后走进考场。教学楼像白雪公主的城堡，人们都是白雪公主，来到城堡里寻梦，他们追寻的并不是白马王子，而是成为这个城堡的过往。王玉走进教室，老师检查准考证，收手机前，他收到了另一条我的领导给他直接发的信息：“您好，王玉老师，我们综合考虑，您特别适合当老师，真的期待您考虑一下，薪资都好谈。”

王玉拿着手机，陷入沉思。

我知道领导是真的着急了，要不然不会亲自出马，因为那一年是考研新高峰，意味着需要更多老师去上课。而我也就是在那一天提出了辞职，因为我知道，另一个大势要来了。

当然，这是后话。

他想了想北大和自己八年的梦想，关掉了手机。

随着铃声响起，他开始答卷。他看着政治题目，满卷子的汉字密密麻麻，可是自己的脑子里却有无数声音徘徊：爸妈，我坚持十年了，我不能让你们失望；小美、小丽、小春……你们之前甩掉我，是你们的错误，你们会后悔的，我会证明给你们看的；我不会让你们看不起我的，我要考上北大；拿到录取通知书第一天，我要发一条朋友圈，文案我都想好了：“八年，磨一剑……”

他看着试卷越来越模糊，自己的心态越来越糟糕，他突然想起刚刚诊断出癌症的父亲，想起母亲沧桑的白发，他想起自己已经三十岁却还没赚到钱的窘境。他越想，卷子越来越模糊，他好像是看见了自己的泪滴，看见了自己的未来，他脑子里越来越乱：如果这次，我又没考上，我还怎么活？我是真的自杀，还是再坚持一年？我的未来还有什么希望？他摸了摸自己的脑袋，湿漉漉的，他知道他的脑袋出汗了。

从小到大，家里都并不富裕，爸爸是工厂的工人，妈妈是银行的业务员，眼看爸爸就要退休，却检查出癌症。难道说，爸爸不能再看见自己的辉煌了吗？不过话说回来，自己还能有辉煌吗？不，妈妈说只要钱够，膀胱癌是可以控制住的，只要定期灌注，是可以控制住的。可是，灌注费用要多少？我现在的存款还够吗？我以后该怎么办？

他的脑子越来越乱，然后重重地捶了一下桌子，考场里所有人都看向了他，他举手，跟老师说，想要去厕所。

一位年轻的女老师三步并作两步走来，说："刚开考不到半个小时，不能上厕所。"

王玉有些生气，他说："老师，我考了八次了，每次都允许，怎么你就不允许了？不允许，我拉裤子里吗？"

他抬头看了眼这位老师，不出意外的话，她应该是第一次监考，有些手足无措。于是，王玉说："你去问问你们组长。"

女老师让他稍等，很快找到了监考组长，简单交谈两句后，监考组长派来一个男老师，带他去了厕所。他关上门，面对厕所，突然一阵痉挛，把早餐一口气全部吐了出去。

外面监考老师敲了几下门："同学你没事吧，你吐出什么了？”

他按了一下冲水马桶，走了出来，拍了拍监考老师，说：“我没吐出考试答案。”

说完就要走回考场，监考老师有些着急地说：“我看看你口袋，你等等，我看看你口袋。”王玉也不搭理他，奔向考场，那男老师有些着急，一把抓住了王玉的袖子，也能理解他为什么这么着急，因为往年，真的有人把作弊设备吞了下去……

王玉甩掉他的手，走进考场，然后深吸一口气，拿着卷子走了出去。那个监考老师还站在门口，怒目圆睁地瞪着他，说：“我看看你口袋。”

王玉走到他身边，说：“我不考了。”

说完，他把卷子塞到他的怀中，然后走出考场。他拿走他的手机，开了机，走到门口时，他回了一条信息：“一个月能给多少钱？”

四

“你这个故事漏洞百出。他们俩不是说考上才在一起吗？怎么考前就在一起了？你这一点儿也不真实啊。”大姐说。

我冷笑了一声：“还真是，这些年，现实主义不真实，架空主义都现实？”

我没理他，吃了两根烤串，继续讲着。

在考场呕吐的那一瞬间，他突然明白了，这八年他奔向了一个完全错误的目标，他根本不适合考研。但要说这八年的路全部都错了，也不是，这世上没有白走的路，每一步在生命的长河里都算数。

因为接下来，他的生活高光时刻才刚刚开始。

他入职了我的前东家——一家考研培训机构，从那天起，他穿上了西装，打上了领带，当上了老师。他根本不需要怎么备课，甚至不需要培训，因为八年的考研经历，让他把每一道题都摸得滚瓜烂熟。八年的被培训经验，让他成了培训大师。他几乎上过每一位名师的课，甚至熟悉每一个老师的教学体系。站在台上，他几乎是不费吹灰之力，张口就能把每一道题讲清楚，学生们无比喜欢，加上他天生的光头，让人觉得他特别有权威感。于是，学生们给他起了一个外号：王大师。

“信大师，不挂科；信大师，一站硕。”这口号越传越远，越来越多的学生来到了他的课堂。从那时起，他的声音粗了、大了、讲话有底气了，连腰板也挺直了。他换了一副眼镜，能看到他炯炯有神的眼睛，他一张口，学生们就觉得权威来了。

他很快适应了上课，在他上课上到头皮发麻、赚钱赚到手软时，方音考上了北大的研究生。她拿到录取通知书是在一个下午，王玉刚上完课，他知道这件事后，声音又小了很多：“恭喜啊。”

方音好像很懂王玉，于是拍了拍他的肩膀，端出刚做好的饭菜给王玉。

这时他接到一条信息，上面写着过去一个月的酬劳：3万5000元。

他的声音又大了起来：“方音，你的学费我帮你出了。”

方音笑了笑说：“不用啦，我的钱够。”

“不行，我的女人，必须我出。”他斩钉截铁地说。

当天晚上，他留下了少量的生活费，把钱都寄回了家。他感受到了妈妈的开心、爸爸的安慰，还有女朋友的喜悦，他找到了自己的方向。

于是，他从小班到大班，再到超大班，疯狂上课，他影响的学生越来越多。直到有一天，一个学生在课上问他：“老师，您课讲得这么好，能问问您是哪个学校的研究生毕业吗？”

他挠了挠头，说：“我没考上。”

当天，这个班就传开了，学生哗然，大家叽叽喳喳。

虽然他又说：“不过我教了这门课好多年。”

可依旧挡不住学生潮水般的抱怨，第二天，这个班半数人没来上课，还接到了两条投诉。

一个人评论说："一个没考上研究生的人，凭什么教我们？"

另一个人说："浪费了我们这么多时间，退费！"

这是他第一次遭到投诉，仅仅是因为说了两句真话。他开始反思自己：一个没考上研究生的人，就不能教考研阅读吗？过去考研的阅读做得滚瓜烂熟，未来的考研阅读一定能拿到高分吗？之前那些因为自己的课过了考研的人，真的是因为自己吗？还没有等他弄明白这些问题，他的领导力排众议，让他继续上课，因为学生太多，实在没有老师。

后来，他的主管跟他说："王玉，下次你别说你没有考上研究生，你说你考上了！"

"那我说我考上哪儿了？"王玉问。

"你随便说一个。"主管说。

第二天他开了一个新班，果然又有学生举手问："老师您是哪个学校毕业的？"他站在台上，说："我上的是北大法学院。"

台下的学生先是感叹，然后是震惊，最后甚至鼓起了掌，学生们眼睛里都是小星星，仿佛看见了他们的未来。

就这样，他的课越来越火，"王大师"的名号传到大江南北，整个学院路一说考研就说：王大师押题，怎么押怎么准。好多人坐火车几十个小时就是为了上一次王大师的考研课，他们持续说着：“信大师，不挂科；信大师，一站硕。”这口号，越传越远。

第一年，好多同学考上了，他们还在网上组织了一个社群，考上后给他还愿。就这样，他的影响力越来越大，他的课也越来越多，于是讲得越来越好，从而课更加多。他越忙，心里越踏实，尤其是每个月的10号发工资的瞬间，那是他最开心的时候。

他本来想考北大，却在人生的路上开了小差，生活给他开了一个玩笑，他就玩儿了起来，然后笑了出来。很快他开上了自己的汽车，也租了更大的房子，这一晃，他就当了三年老师，方音从北大毕业，去了一家律师事务所，和他结了婚。

再之后，他在北京付了套房子的首付，虽然在五环外，但是他的梦想也在那时发了芽。又过了一段日子，父亲的病情被控制住了，虽然药物比较贵，但自己也终于踏实了。他感到前所未有的力量流淌在他的身体里，他甚至觉得自己的头发在逆风生长。

这样的生活持续了四年，那一年他感觉很奇怪，他感到学校的生源开始慢慢变少，线下的班级几乎都坐不满。人们把大量的精力放在手机上，仿佛拥有一部手机就拥有了全世界。手机上可以点餐、可以打车、可以叫外卖、可以购物……连他们的课，也可以通过一根网线，传递到天南海北。学生们开始习惯在网上上课，于是线下的班就越来越少了，于是这一年，领导给他的任务是去高校讲座负责招生。

为了上课，他开始飞来飞去。没过多久，生活和工作开始让他疲倦，每天循规蹈矩，虽然面对同一批学生，但讲的话大体一样，自己没有进步，生活也陷入麻木。他想生个孩子，可是方音对他说："你连在家的天数，两只手都可以算出来。"

方音的工作也开始忙碌了，而他和她的生活恰恰相反，一个周一到周五要打卡，一个周六周日才上课，一个白天要上班，一个晚上要出门。

他的生活陷入了瓶颈，觉得上不去也下不来，他想起那些有梦想的岁月，可是每次刚想更投入思考一些，看见要交的房贷和刚打来的工资就觉得自己还能再多跑几个城市。

日子成了发条，一天又一天。

"累了就休息几天吧。"方音在电话里跟他说。

"我不累。"他说。

有一天，王玉在深圳出差，两场讲座后，他准备飞回北京见太太，市场部同事给他打电话说："王老师，您还能接课吗？"

他已经习惯自己是在接课了，谁不是为了赚钱接课呢？

"我想回家陪我太太，我就不接了。"他说。

"就在北京。"同事说。

“那可以。”王玉说。

同事继续说：“你猜在哪儿？”

“不是在北京吗？”王玉说。

“北大。”同事在电话里说，“这讲座必须只能是您，您也回母校一趟吧，这叫衣锦还乡。”

他感到脑子嗡嗡的。他只逛过一次北大，那时他还很小，刚刚落榜一次，从北大走出来就哭了。从那之后，他发誓，只要不考上北大，就一辈子不踏入北大的校门。好几次自己喝多，都路过北大东门的地铁，头也不敢抬，让自己大步走过去，可这一回，命运再次把他推到了北大门口，让他走进去，不仅让他走进去，还让他走进教室走上讲台。

“我要好好准备一下。”他说。

“您这都轻车熟路了，还用提前准备？”同事说。

“要……要的。”他说。

五

“等等，你别瞎编。我就问你，他自己都没考上，他怎么让这些学生考上的……”大姐打断了我的故事，“还有，你做英语老师这事儿怎么看都像胡编。”

“我不能当英语老师吗？”我说。

“我怎么觉得你这段经历跟那个叫李尚龙的作家特别像？”她说。

“那个写鸡汤的？”我说。

“你别打岔，我告诉你，这故事你要是瞎编，到时候一文钱也不值。”她好像在使用激将法，但我就这么中计了。

“我给你讲讲考研的逻辑。考研英语只占总分的一部分，考研分为政治、英语和专业课，很多院校政治、英语只要让你过线就行，你只要英语不太差，就能过，考研阅读又占考研更少的部分，只有 100 分里的 40 分，所以，偶然性很强。但学生不知道，他以为自己考上的原因和培训机构有多大关系，其实并没有，很多人不用培训就能过考研。就像四级考试，每年 89% 的人能过，按照比例来的，不是按照能力来的。你无论考多少分，只要考到前 89%，就是 425 分。”我说。

“你真当过英语老师啊？”大姐有些激动。

“我们那个时候，讲什么学生都相信，唉，越年轻越愿意相信人生跟考试一样，是有规律的。”我叹了口气。

后来，他真的去北大了，去北大前，他的老婆给他买了一套合身的西装，说：“别紧张，就当回了母校。”

“这哪里是我的母校？”他说。

“那就是丈母校，简称‘母校’。”方音笑着说。

谁也没想到的是，在北大讲座，台下座无虚席，他没想到，北大也有这么多人想要考研。他叹了口气，又想了想自己的八年青春，突然意识到，怪不得自己考不上。这竞争压力，隐形的大。他在台下候场，心脏怦怦跳，学生会的小姑娘介绍完他是北大的学长后，他就上了台，在掌声中，他鞠了个躬，开始了自己的演讲。他讲得很顺，一口气就讲完了，讲完后，他还不忘鼓励大家："只要你们足够努力，一定也能像我一样，考上北大的研究生，再续和北大的缘分。"

台下掌声雷动，他也松了口气，准备互动。在互动时，学生们无不紧张地站起来过了很久才提问跟考研相关的问题，直到一个男生站了起来："你好，我有一个非考研的问题想问您。"

"请说。"王玉说。

"您是哪个系的？"那个学生说。

"我是法学系的。"他有些紧张。

"我也是，那您的老师是？"那个学生说。

他愣在台上，脑子里疯狂回忆着老婆的信息，她有没有说过哪个老师，有没有说过上什么课，他愣在台上，不知如何是好，他艰难地抬起了头，汗水流了出来，他说："有没有考研的问题？"

那个学生拿着麦克风，说："没有。"说完，坐下来了。

他松了口气，学生们也没有怀疑，可是没过多久，这一段视频上了网络，还在考研群里被传得到处都是，他和他的公司才意识到，是竞争对手搞的鬼，他也意识到，自己在这个圈子里红了。

很快，这条视频在网络上发酵，伴随着一系列的骂声：

“原来是个骗子。”

“没考上研究生，但怎么就当上了老师？”

“这样的老师，可信度太低了吧。”

……

可是没过多久，舆论又反转了，好多听过他的课然后考上研的学生在网上发声了。

“人家考了八年北大，教你不绰绰有余？”

“你有什么资格质疑王老师？”

……

他在家里看着自己的微博像潮水一样一条接着一条，这一条条的留言浮现在面前，他不仅没有生气，反而开始反思，这些话是不是说对了，如果说对了，自己的梦想到底去了哪儿？

他躺在床上，想安静地思考一下自己的未来，可是脑子却一片混乱：我能讲一辈子的课吗？我能让更多人过考研吗？讲课真的是我的梦想吗？

忽然他被一个声音打断——“老公电话。”

“怎么打到你那儿去了？”王玉说。

“他说你电话打不通。”方音说。

“谁啊？”王玉说。

方音说：“朝钱老师。”

王玉走了过去，接了电话，他听到我在电话那边虔诚地邀请：“好久不见，我长话短说，你想不想来我们公司？”

“你们什么公司？”他问。

“是一个在线教育公司。”我说。

“什么叫在线教育？”他问。

“你来了就知道了。”我说。

六

“你等等，你怎么又去在线教育公司了？”大姐问。

“是的，离职后，我就去了家在线教育公司，我创业去了。”我说。

“是因为赚得多吗？”她问。

“是因为一个崭新的时代来了。”我说。

我一边讲，一边把思绪拉回到好些年前，那是一个在线教育的黄金时代，在线教育能最大限度赋能老师的影响力，原来一个老师只能影响一个班的几百人，现在一节课可以影响几万名在世界各地的学生。那也是个资本和扩张都疯狂的年代，资本看明白了在线教育的疯狂模式，于是大量的热钱都杀了进去。

就这样，在线教育越来越火，王玉也就是那个时候加入了我们的团队，成了一名网课老师。

“他为什么加入你的团队？”大姐说。

“因为我们能给他行业最高的课时费。”我说，“我是他师父，你忘了吗？”

我教他的最后一门课，是一套在线教学的话术，这后来也成了他的保护伞。

“我的确没考上研究生，但是我带了几十万的学生，他们都考过了线，上了岸。”

每当学生问到他，他都用这句话开头。

“我考了八年北大，北大拒绝了我八年。的确，在传统的教育理念里，我是一个失败者，但我明白了，只要努力，人生总会有意外惊喜，就好比到今天，我可能没有爬上那座山，但我有很多跌下来的经验，于是，我成了麦田里的守望者，看护着更多人别掉下去，让更多人爬上那座山。”

当然，他后面这番演讲也经常变动，但最主要还是以励志为主，学生无一不感动。后来，他的学生越来越多，他的信徒也越来越多。他最开心的事情就是不用出差了，一根网线，就可以把他的想法传递到大江南北，很快，全网几百万人认识了他。也就在那个时候，越来越多的资本加持了我们这家公司，我们相信，只要努力，就能一起把这家公司送上市。到时候，我们就财富自由了。

我们拿了期权和股票，开启了至少二十个项目，从考研到四六级，从托福雅思到SAT，从高中到小学，只要有教育的地方，就有我们。

随着课越来越多，王玉赚到的钱也就更多了，于是他要求上更多的课，他经常跟我说的一句话是：“等上市那天……”

就这样，他跟上课机器一样，无时无刻不在直播，从早上起床到晚上睡觉，没有停下来的，每天在家就关在一个小房间，疯狂上着课，时不时传来喊叫的声音，上完课后，房间里便寂静很久。

方音看他越来越疲倦，却不知道应不应该安慰，时常在房间里大气不敢喘一下。有一次问他：“你最近还好吗？”

明明两人都在家，却说不上几句话。

“怎么这么问？”他说。

“我感觉你很累。”她说。

“等我们公司上市了，一切都好了。”他说。

“那……你还考研吗？”

“还考啥？”他说，“考上了能有我今天吗？”

说完，他很鄙视地看了眼他老婆桌上放的法学卷宗。

他就这么又上了几年课，把一拨又一拨学生送进考场送上岸，一晃，他已经三十七岁了，过生日那天，他没请人，就一个人在楼下点了根烟，他想起十年前，女朋友甩掉他的情景，她说："你就这样一辈子没出息吧。"

他笑了笑，看着烟圈儿飞向天空，一会儿就与黑暗融在了一起。

他上了楼，看见方音在查阅法律条文，他一把把她拉到床上，报复似的扯掉了她的衣服，翻滚过后，他喘着粗气，露出满意的笑容。

方音一脸嫌弃，问："你今天怎么了你？"

"我爱你。"说完，他满意地睡了。

第二天，他打电话给我，说："我觉得兄弟，还应该有更多的人考研，我们要做大做强。"

我没听明白他说什么，就问："怎么了这是？"

"我们要加快上市的节奏，现在我们的市场占有率还不够大，明天找你聊聊？"他说。

"不了，兄弟，我准备辞职了。"我说。

"为什么？"他问我。

"我想好好写写小说，这是我的梦想。"我说。

这是我最后跟他说的话，给别人说了那么多年"梦想"，第一次说到了自己的梦想，竟然觉得挺尴尬。我也不知道我这番话是不是后来影响了他，但是之后我知道了，应该影响了他。要不然，没有后面的故事。

我走了之后，王玉接管了我的业务，他的打法比我可是野蛮多了。

他开始带着团队造概念，他们发布的广告和投放都在传递着这样的价值观：如果你迷茫了，要考研；如果你工作受挫了，要考研；如果你生活遇到瓶颈，要考研；如果你失恋了，要考研；如果你生完孩子想要职场第二春，要考研……总之，每个人都应该考研，出国没用，考公没用，考研才是未来。

这样的广告在资本的催化下越来越多，但真正有用的，是老天帮了他一个大忙，是的，疫情来了。

“等等，疫情跟他又有什么关系？”大姐又一次打断了我。

“当然有关系，疫情一来，人们被迫隔离，那留给年轻人的只有一条路：留在国内考研上网课。他的机会来了。”

“哦。”大姐说。

“还有，别再打断我了。”我有些生气。

那段日子，每一个年龄层的学生都必须留在家里上网课，尤其是小学生、中学生，他们去不了学校，于是只能选择网课，公司的收入飙升，他也超额完成了自己的 KPI（关键绩效指标）。不仅是他，各个部门都超额完成了 KPI，也就在疫情最严重的时候，他们公司递交了 IPO（首次公开募股），为最后的上市做打算。

递交IPO那天，他回家特别早，跟太太说："我们晚上去吃牛排吧。我预订了烛光晚餐，庆祝一下。"

"你怎么知道的？"方音说。

"我知道什么？"王玉有些惊讶。

"我刚从医院回来。"方音说，"我有了。"

他的眼眶一下子湿润了，几乎跳了起来。那一年，他以为事业家庭都会丰收，却不知道苦难才刚刚开始。那年，北京疫情反复。他回到家，也想明白了，疫情虽然严重，但只要自己还有一根网线，就能赚到钱。他想着上市之后，可以买游艇、别墅、直升机，他想着可以环游世界，想着快要出生的孩子，他打开讲义和电脑继续上课。

他那讲了八年的课总共有三十个小时，三十节课，每一节课都能讲得滚瓜烂熟，在他讲到一半的时候，他听到了一条消息，他们的招股书不被看好，IPO被驳回，上市时间遥遥无期。他继续上着课，上到三分之二的时候，他听到一条消息：国家重拳整治教培行业。等到三十节课全部讲完的时候，他听说了另一个消息：K12行业不允许资本化、上市，教培行业的时代结束了。

这一年，他刚好三十八岁，教考研阅读八年。

七

“我有一个疑问，不知道该不该讲。”大姐说。

“说。”我有些不耐烦。

“我看过新闻，教培行业整治的不是K12吗，跟考研有什么关系？”大姐说。

“我最后说一遍，你不要再打断我了。”我说，“再要两瓶啤酒。”

“好的，服务员，再加两瓶啤酒。”大姐说。

我说：“如果教培行业上不了市，资本就要撤资，因为投资人就希望你上市。资本一撤，公司就要入不敷出，入不敷出，就要裁员，K12整个部门砍掉，就意味着大学业务流量缩减。资本退出，就意味着公司要缩减到原来该有的样子，你还记得他原来是什么样的吗？”我说。

“原来是个光头。”她说。

“是的，原来就是个屌丝，和我一样。你懂吗？”我说。

“你现在不也是吗？”她说。

我刚准备回怼，转念一想：也是，人总容易穿了点儿什么，吃了点儿什么，有了点儿什么，就忘了自己原来是什么。原来是个光头，打扮后是个大师，原来是个八年失败者，现在是个有八年教学经验的大师。

这日子，真不经盘算，八年了。

我继续讲我的故事。那段日子，教培行业如丧考妣，一个大楼里人们排着队去离职，一些员工卖掉自己的电脑给自己发工资，一些员工跑到创始人办公室哭诉着自己的“N+1”，而创始人携款逃到海外的不计其数，只有一两个真正的企业家，在积极致力转型去卖农产品和素质教育，赔付员工“N+1”，他们把桌椅捐给山区需要的孩子。资本溃逃的背后，是几万家庭梦的破碎，他们逃离北上广，降级消费，丢掉梦想，从此关闭朋友圈，一蹶不振。

王玉也不例外，从原来的期权 + 底薪 + 奖金，变成了和过去一样的课时费。这一下，他被打回到了八年前，他的眼睛又开始黯淡无光，他的声音又低沉了下来。

公司受创后，他的位置被一个比他年轻十岁的小孩代替了，连他的课都被年轻老师代替了。因为年轻的管理者底薪要得更少，年轻的老师比他听话，还比他有活力，更重要的是，比他便宜。

他的工作受挫，状态越来越不好，他感觉自己精神感染上了疾病，胡子越留越长。他不爱外出，甚至不愿意跟人说话，除非是他必须上的课他会打开电脑，艰难地清着嗓子。这日子持续到他的房贷已经有两个月没还时，他开始感到焦虑，于是不得不去找比自己年轻那么多的领导要课。

而那个年轻的领导只是冷冷地说：“教研您也不来，培训您也不来，怎么要课的时候来了？”

“我讲这门课八年了，还用教研吗？”王玉说。

“哦？是吗？”年轻的领导从抽屉里拿出一沓试卷，是去年刚出炉的新题。

他说：“王玉老师，您是元老，按理来说不该这么对您，但是您试试这套题，如果您能拿到 70 分，我就马上给您安排课。”

又说：“这些年考试的逻辑不是您当年那样了，您的很多讲课的方法已经过时了，比如 2013 年，选项里有‘may’的就不是答案。”

王玉拿着试卷，百感交集，他心中无数的痛苦，却无处发泄，但这是命，他要认，他说：“有笔吗？”

一个小姑娘递来一支笔，他接过来，坐进一个教室开始做题。

他开始写作文时，那些字母和单词一瞬间让他穿越回八年前。他摸了摸自己的脑袋，突然发现不紧张了，这只是一张卷子，一张普普通通的英文卷子。这份卷子的题目虽然都是新的，但是他每道题、每个句子、每个词都能弄懂，他跳出了自己的方法论，开始一心一意做题，他仿佛回到了第一次进考场的时候。

他一道题一道题地做，一个个瞬间戳进他的脑海，他对着卷子，突然哭了。这些卷子，这些题，就这样陪了他十六年，整整十六年，这是他的青春，现在，卷子还是当年的卷子，自己已经不是当年的自己了。

他最终还是没有做完那张卷子，就匆忙离开了办公室，回到家，他看着一屋子的资料和讲义，眼睛又红了。

他的老婆挺着大肚子，一步步走到他的旁边，拍了拍他，没有说话，只是低声地说："咱们可以回家的，不一定要定居在北京。"又说："我也不喜欢北京，空气不好。"

他一下子又哭了。

"我说真的，家里多好啊。咱们把房子卖了，回家。"方音说。

"你说，这些年我在忙什么啊？"王玉一边哭一边说。

"你想想，自己当初为什么要出发吧。"方音搂住他说。

他摘掉了他的眼镜，等眼泪干了，捏了捏自己的鼻梁，他说："那我再试试？"

方音点点头。

"那这可是第九次了，万一我过不了怎么办？"王玉说。

"至少不留遗憾了。"方音说。

八

"挺有意思，不过你怎么会知道这么细致的？"大姐又开口了。

“你管我怎么知道的？”我说。

“你又发挥编剧的才能了。”大姐说。

我有点儿生气，于是决定无论她怎么插嘴，都不理她了。我要讲完这个故事，无论它值不值钱。

在妻子的鼓励下，王玉决定重新备考北大，虽然只剩两个月，他认真准备了专业课和政治，在考试前一天，他还看了看英语，然后又轻蔑地放下了真题，心想，这玩意儿我都搞了十多年了。备考的两个月，他过得很安静，虽然没有收入，但他的眼睛里充满了光，方音接过了房贷，帮他扛着压力。

在考试当天，他终于得到了年轻领导的重视，领导发信息给他，希望他来做考试当天的直播答疑。

王玉拒绝了他，毅然决然地走进考场，在进考场前，他又收到了几条微信：

“你赶紧来上课，要不然这就是最后一节课。”

“你后面不想赚钱了吗？”那边连珠炮似的轰炸着。

他看了看手机，低头不语。这和八年前的场景完全一样。只是，他已经老了。

他走进考场，看着熟悉的卷子和题型，心一揪。他嘴角露出笑容，奋笔疾书。太阳照耀在当空，云彩很稀，有鸟儿在高飞。

几个月后，研究生放榜公布成绩，他考上了北大，每一门课都很高，唯独英语最低。八年的英语教学，重复性的劳动让他的英语越来越差。

几个月后，他参加面试，导师问了他很多专业问题，到了最后，导师还是问了他：“你为什么考北大？”

他说：“那是我追了十六年的梦。”

他才知道，这些年，他一直没忘记这个梦想。后来，他被录取了，圆了梦，那年他三十八岁。

他走进了校园，他感觉自己长出了头发，他的头发随风飘扬，如同他曾经穿着白衬衣，和心爱的女生奔跑在操场上，那感觉像是重生一般。

那一年，他的孩子出生了，他给他起名叫“王重生”。

方音问他：“你觉得孩子以后能做什么？”

他看着孩子说：“你以后想做什么就努力做吧。爸爸爱你！”

九

故事讲完了，我感到马路上起了风，身边的人都纷纷离去，大排档上只剩我们和那个烤串的师傅，一阵风把烟吹上天，吹到无尽的天边。

大姐看着我，许久没有说话，然后，她也喝完了杯中的酒，说：“你这故事挺有意思，但是有一个问题。”

“什么问题？”我问。

“没有卖点。”大姐说。

我看着她，满脸疑惑。

她说：“你觉得故事里面那个‘你’，可不可以爱上那个光头，然后一起穿越回过去，来一段爱情？”

我站了起来，头也没回。

“哪怕是段刻骨铭心的友情呢？”她大声喊了出来，“要不然这小说卖不动啊！”

她的声音越来越远，直到我什么也听不清了。我走在路上，微风吹在我的脸颊上，我抬头一看，天要下雨，风开始越来越大，我准备回家了。

我跑了起来，风越来越大，直到风吹掉了我的假发。

图书在版编目（CIP）数据

硬汉的眼泪 / 李尚龙著 . -- 石家庄 ：河北教育出版社，2022.10

（年轮典存丛书 / 邱华栋，杨晓升主编）

ISBN 978-7-5545-7199-6

I. ①硬… II. ①李… III. ①中篇小说－小说集－中国－当代 ②短篇小说－小说集－中国－当代 IV. ① I247.7

中国版本图书馆 CIP 数据核字（2022）第 156141 号

年轮典存丛书

书　　名　**硬汉的眼泪**

　　　　　　YINGHAN DE YANLEI

作　　者　李尚龙

出 版 人　董素山

总 策 划　金丽红　黎　波

责任编辑　汪雅瑛

特约编辑　张　维　韦文菡

出　　版　河北出版传媒集团

　　　　　　河北教育出版社　http://www.hbep.com

　　　　　　（石家庄市联盟路 705 号，050061）

印　　制　天津盛辉印刷有限公司

开　　本　787 mm × 1092 mm　1/32

印　　张　7.5

字　　数　144 千字

版　　次　2022 年 10 月第 1 版

印　　次　2022 年 10 月第 1 次印刷

书　　号　ISBN 978-7-5545-7199-6

定　　价　48.00 元